LES FIANÇAILLES D'IMOGÈNE

NOTE DE L'ÉDITEUR

Les volumes de la collection sont imprimés en très grande série.

Un incident technique peut se produire en cours de fabrication et il est possible qu'un livre souffre d'une imperfection qui a pu échapper aux services de contrôle.

Dans ce cas, il ne faut pas hésiter à nous le renvoyer. Il sera immédiatement échangé.

Les frais de port seront remboursés.

EXBRAYAT

LES FIANÇAILLES D'IMOGÈNE

PARIS
LIBRAIRIE DES CHAMPS-ÉLYSÉES
17, RUE DE MARIGNAN, 17

PROLOGUE

Ce jour-là, — un des premiers dimanches de mai — la petite ville de Callander (qui se tenait pour la perle du comté de Perth) s'éveilla dans un matin rempli de soleil et d'oiseaux. D'ordinaire, le printemps écossais n'a guère de ces douceurs et en temps normal, la population n'aurait pas eu la patience de demeurer longtemps au lit. On se fût précipité dans les Trossachs proches pour y goûter les joies paisibles des plaisirs champêtres, sans trop se soucier de la colère qui piquerait le révérend Réginald Haquarson en constatant la réduction insolite du nombre de ses fidèles à l'office dominical, mais ce dimanche-là n'était pas un dimanche comme les autres.

Ted Boolitt — le patron du *Fier Highlander* — était toujours un des plus tôt levés et pourtant, huit heures avaient sonné lorsque Margaret, sa femme, le poussa hors du lit en glapissant :

— Alors, Ted ? à quoi pensez-vous ? vous savez l'heure qu'il est ?

— Non et ça m'est égal ! Par-dessus le marché, Margaret, je vous serais obligé de me foutre la paix !

— Bon ! eh bien ! restez couché !

— Je me lèverai si je veux !

Pour marquer son indépendance, Boolitt s'en fut prendre sa douche et gagna la salle du bar qu'il dut nettoyer lui-même, puisque Thomas, le serveur, ne venait pas le dimanche. Ensuite, il se glissa derrière le comptoir — tel le capitaine de navire scrupuleux qui, au moment de donner l'ordre de lâcher les amarres tient à se rendre compte par lui-même que tout est en ordre — manœuvra les manettes commandant la montée de la bière, vérifia l'alignement des bouteilles de whisky et, mélancoliquement, se mit à nettoyer des verres.

⁂

Au même instant, l'épicière Elisabeth McGrew déjà endimanchée, houspillait son mari tristement assis sur un baril de harengs dans un coin du magasin fermé.

— William ! qu'attendez-vous pour vous préparer ! Si vous ne vous dépêchez pas, vous serez en retard à l'office !

— Je n'ai pas l'intention de m'y rendre.

— Vous oseriez ?

— J'oserais... quoi ?

— Vous mettre mal avec le Seigneur alors que notre commerce ne va pas tellement fort, ces temps-ci ?

— Je ne pense pas que nous puissions compter sur le Seigneur pour améliorer notre chiffre de vente.

— William McGrew vous êtes un impie ! Ma mère...

L'épicier se leva lentement. C'était un homme lourd et fort.

— Elisabeth, si vous vous permettez la moindre allusion à la damnée créature qui vous a mise au monde, je vous arrange de telle façon que de huit jours, vous ne pourrez plus vous montrer.

L'épouse ainsi traitée poussa un rugissement d'indignation et battit précipitamment en retraite. Toutefois, avant de disparaître, elle lança, haineuse :

— Si vous vous imaginez, imbécile, que je ne sais pas pourquoi vous n'allez pas au culte aujourd'hui !

Elle eut juste le réflexe nécessaire pour éviter le paquet de poireaux que William lui expédiait dans la figure.

***

Le révérend Haquarson sifflait gaillardement un cantique en achevant de relire son sermon. Ce dimanche marquerait dans sa pieuse existence. Il se disposait à assurer la victoire définitive du Seigneur dans Callander, en privant ses ennemis de leur plus ferme soutien. Sa femme, attendrie, l'écoutait et se croyait revenue à l'époque de leur voyage de noces.

***

Les trois veuves de Callander — Mrs Frazer, Mrs Plury et Mrs Sharpe — parcouraient les rues depuis pas mal de temps déjà, frétillantes, mauvaises et joyeuses. Pour elles aussi, c'était un jour de triomphe. Tout s'apprêtait à rentrer dans l'ordre, un ordre dont, avec le révérend Haquarson, elles se voulaient les gardiennes sévères.

*
* *

Un peu en dehors de la ville, sur la route des Trossachs, Jefferson McPuntish — propriétaire de l'hôtel à l'enseigne du *Cygne Noir* — voyait l'avenir en rose. D'ici une heure ou deux, tout serait réglé et il ne connaîtrait plus ces terreurs, ces angoisses, ces moments de dépression qui avaient été les siens depuis que l'affreuse créature s'était installée au pays. Cela, on le devrait à ce sympathique gentleman qui était son hôte depuis plus d'un mois, le major en retraite Roderick Cloheen (D.S.O.). Justement, celui-ci prenait son breakfast dans la salle à manger et Jefferson le contemplait, attendri : un bel homme d'une soixantaine d'années, avec infiniment de chic et de distinction. Un Ecossais de bonne race.

McPuntish fut tiré de son émerveillement par le couple auquel il avait loué pour le week-end son petit chalet au bout du parc et qu'il réservait d'ordinaire aux amoureux en voyage de noces. Jefferson avait tout de suite compris que ces deux-là s'aimaient, mais il n'était pas du tout certain qu'ils fussent mari et femme. Dans le doute, il avait augmenté d'une livre par jour le prix de pension. Le jeune homme s'était inscrit sous le nom de Dougal Fettercairn, représentant de commerce accompagné de son épouse, Mora, sans profession, et habitant tous deux Edinburgh.

*
* *

Au poste de police, le sergent Archibald McClostaugh avait déjà vidé une demi-bouteille de whisky en dépit de l'heure matinale. Sous l'influence de l'alcool, du soleil et du printemps, sa magnifique barbe rouge était parcourue d'ondulations joyeuses. Le sergent astiquait vigoureusement les boutons de son uniforme tout en chantant horriblement faux une complainte des Lowlands dont il était originaire. Soudain, il s'arrêta pour s'adresser au constable Samuel Tyler qui lisait le journal du dimanche.

— Sam... Vous assurerez la permanence tandis que je serai au temple.

— Entendu, chef.

— Si, par hasard, il se passait quelque chose de grave, vous viendriez m'y prévenir. Je me tiendrai dans les premiers rangs, car ce jour est ma revanche, Tyler ! vous entendez ? ma revanche ! et l'assurance d'une tranquillité sans nuages pour les années à venir.

— Oui, chef.

— Sam, pensez-vous qu'il l'emmènera ?

— Je le crains, chef.

— Vous le craignez !

Archibald se leva.

— Samuel Tyler, vous rendez-vous compte de ce que vous venez de dire ?

— Oui, chef.

— Alors, vous avouez ?

— Qu'est-ce que j'avoue, chef ?

— Que vous étiez son complice et que l'éventualité de son départ vous désole ?

— Je l'aime bien, chef. Nous avons été élevés ensemble...

— Tyler, vous êtes au service de Sa Majesté et c'est elle seule que vous devez aimer ! Quant à vos sentiments à l'égard de cette créature, ils ne sont que la conséquence d'une perversité dont j'ai déjà eu maints témoignages ! Dans les Highlands, vous êtes des gens sans moralité !

A son tour, le paisible Tyler se leva, tout pâle.

— Chef, en dépit des règles de la discipline et du respect que je vous dois, je crois que je vais vous casser la figure pour vous apprendre à parler ainsi de mes compatriotes !

McClostaugh devint pourpre.

— Vous n'oseriez jamais, idiot, car vous autres, Highlanders vous n'avez pas plus de courage que de moralité !

Le poing droit de Sam s'écrasa sur la mâchoire du sergent qui partit à reculons avant de s'effondrer en entraînant sa table avec lui. Le constable n'eut que le temps, dans un réflexe sauveur d'attraper la bouteille de whisky au vol. Pour se calmer, il en porta le goulot à ses lèvres sous les yeux dilatés d'horreur de son chef, que ce dernier manquement à la discipline, assommait bien plus que le coup reçu. Archibald se releva et retroussa les manches de sa chemise sur des avant-bras musculeux semés de poils roux. En dépit de son âge, Tyler ne ressemblait en rien à une mauviette. Le combat promettait d'être dur lorsqu'emporté par ce coquin de petit vent de mai qui courait entre les maisons de Callander, l'écho d'un carillon se glissa dans le poste où deux policemen de S.M. s'apprêtaient à en découdre pour l'honneur de leurs petites patries. McClostaugh tendit l'oreille, se redressa, rabattit les manches de sa chemise et déclara :

— Les cloches de la victoire me rappellent, Tyler, qu'il faut savoir se montrer magnanime dans le triomphe. Je vous pardonne et vous laisse ici mijoter dans votre amertume.

Avant de s'en aller, le sergent finit la bouteille de whisky et la reposant sur la table, demanda, narquois :

— Vous ne vous figuriez, quand même pas que je l'avais oubliée ?

***

Rosemary Elroy, à genoux, achevait d'ajuster la jupe de celle qu'en dépit de ses nombreux printemps, elle persistait à appeler son baby, sous prétexte qu'elle l'avait en partie élevée après la mort de sa mère et déclarait :

— Jamais je ne vous ai vue en aussi belle forme, miss Imogène !

Ressemblant plus à don Quichotte qu'au petit lord Fauntleroy, l'Ecossaise aux cheveux rouges gonfla sa maigre poitrine tendit ses longs bras musclés dans une sorte d'envol supposé gracieux et soupira :

— Je me demande, Rosemary, si j'agis bien.

— Belle question !

— Je ne sais pas s'ils m'approuveraient, eux...

De son menton, elle montrait les photographies qui ornaient sa chambre : celle de son père, le capitaine Henry, James, Herbert McCarthery dont le whisky était venu à bout, ce que n'avaient pu réussir les différents ennemis du Royaume-Uni que l'officier avait combattus, aux Indes et ailleurs. Ensuite, une lithographie de Robert Bruce, le héros de l'indépendance écossaise.

— N'en doutez pas !

— Je n'en suis pas sûre... C'est presque une désertion, Rosemary !

***

Malgré les promesses faites, les engagements pris, le tout Callander se trouvait réuni dans le temple lorsque le pasteur commença à célébrer le culte. Il faut reconnaître que les esprits distraits se souciaient moins, ce jour-là, de chanter la gloire du Seigneur que d'attendre l'annonce promise. Ayant prêché sur la famille en tant que base de la société humaine, le révérend Haquarson s'avança tout près du premier rang des fidèles et s'étant éclairci la voix, déclara :

— Mes chers amis...

Un frisson parcourut l'assistance.

— ... je remercie Celui dans la main duquel nous sommes, de m'avoir permis de vivre ce jour et de vous annoncer moi-même...

On s'arrêta de respirer.

— ... qu'il y a promesse de mariage entre Miss Imogène McCarthery habitant Callander, retraitée et le major Roderick Cloheen, habitant Edinburgh, également retraité. Que Dieu les bénisse ! Et maintenant, tous en chœur, nous allons chanter le psaume : « A une heure ou une autre, vous entrerez dans la maison du Seigneur, si votre âme n'est pas corrompue. »

Mrs Frazer qui tenait l'harmonium attaqua le cantique comme si elle montait à l'assaut et les voix des pieuses gens de Callander se fondirent en un cri de triomphe.

A la sortie du temple, Imogène McCarthery et son fiancé reçurent les salutations des notables. Les adversaires les plus acharnés de la belliqueuse vieille fille vinrent lui dire les souhaits qu'ils formaient pour son bonheur. Le docteur Jonathan Elscott, un de ses fidèles supporters, tint à lui exprimer sa surprise et jeta une ombre sur la satisfaction de Miss Carthery en déclarant qu'elle aurait toujours des idées saugrenues. Jefferson McPuntish secoua chaleureusement les mains de son ennemie d'hier et celle de son hôte du moment. Il présenta à l'Ecossaise Dougal Fettercairn et sa femme Moira. Imogène les trouva sympathiques. Elle eut un haut le corps en voyant s'approcher Mrs Frazer, Mrs Sharpe, Mrs Plury, Margaret Boolitt et Elizabeth McGrew, en bref toutes celles avec qui elle avait eu si souvent maille à partir [1], mais ces dames fondirent en congratulations et les plus hardies n'hésitèrent pas à poser des lèvres racornies sur les joues sèches de Miss McCarthery. Toutefois, le grand moment eut lieu lorsqu'Archibald McClostaugh, son casque sur son bras replié, offrit ses hommages à la future Mrs Cloheen. Il sembla à tous qu'une page venait d'être tournée dans la petite histoire de Callander. Superbe, le sergent déclara d'une voix forte afin que nul n'en puisse rien ignorer :

— Miss McCarthery, nous avons eu souvent des différends, vous et moi. Mais aujourd'hui où vous rejoignez le monde des honnêtes gens, j'oublie les griefs que je nourrissais contre vous et vous souhaite tout le bonheur possible avec ce gentleman que j'ai l'honneur de saluer.

Le major Cloheen se contenta d'un « Merci, mon ami » assez désinvolte tandis que la fiancée disait, des larmes dans la voix :

— Archibald, je crains de vous avoir méconnu... et votre attitude est d'un gentleman, car je me doute de ce que vous devez souffrir !

Le sergent la regarda, incompréhensif.

— Je vous demande pardon, Miss, mais de quoi suis-je supposé souffrir ?

1. Cf. tous les livres édités dans la même librairie et ayant Imogène pour héroïne.

— Mais de ce qu'un autre ait pris la place que vous ambitionniez... Hélas ! mon pauvre Archie, le cœur ne se commande pas !

Indigné, redevenu rouge cerise, McClostaugh voulut protester et n'en eut pas le temps, emporté par le flot de ceux qui tenaient à saluer les fiancés.

Cependant, cette cérémonie tout à la gloire d'Imogène McCarthery devait se terminer par sa déconfiture. Ses plus chers compagnons, ceux qui partageaient le plus profondément ses convictions quant à la supériorité naturelle des Ecossais sur les Anglais ou quant à la légitimité des ambitions des Stuarts à gouverner le Royaume-Uni, Ted Boolitt et son valet Thomas, William McGrew, Fergus McIntyre le garde-pêche et Léonard Elroy, l'époux de Rosemary, Cornway, le coroner et Ned Billings, le maire, passèrent devant elle sans s'arrêter. Sur le moment, elle n'en crut pas ses yeux puis, oubliant toute dignité, elle appela :

— Ted !

Tous, ils se retournèrent et la saluèrent avant de poursuivre leur chemin et Imogène McCarthery, l'indomptable, se mit à pleurer. Son fiancé la prit par le bras :

— Que vous arrive-t-il, ma chère ?

— Vous les avez vus, Roderick ? vous les avez vus ?

— Qui donc ?

— Mes amis... Enfin, ceux qui étaient mes amis... Pourquoi cet affront ?

— Ne vous souciez donc pas de ces rustres, ma chère et ne songez qu'à nous deux.

Pour la première fois de sa vie, Imogène ne savait plus trop ce qu'elle devait faire et ce fut d'une voix hésitante qu'elle répondit :

— Vous le croyez vraiment, Roderick ?

— J'en suis sûr, darling.

S'entendre appelée « chérie » ravissait Imogène et, du même moment, la gênait. Peu encline aux choses de l'amour, son âme puritaine s'émouvait à frôler le péché, mais en frémissait de honte. Plus d'un demi-siècle de vertu farouche ne pouvait céder d'un coup et fussent-elles légales, les amours lui paraissaient toujours avoir un relent de débauche. Les seules étreintes qu'elle ait jamais connues, étaient celles qu'elle infligeait aux bouteilles de ce cher vieux whisky qui guérissait de tout, ceux qui avaient eu la chance de naître au-delà de la Tweed, en venant du Sud naturellement.

Le major s'inclina légèrement sur sa compagne et lui souffla dans le cou :

— Et si nous allions chez vous... Mrs Cloheen ?

Miss McCarthery frémit voluptueusement et s'appuyant un peu plus sur son fiancé prit le chemin de sa maison où Rosemary l'avait précédée.

Le malheur voulut que sur la route de sa demeure, le couple qui venait de s'engager devant tous, croisât l'épicier William McGrew qui, une fois encore, s'apprêtait à passer en feignant de ne pas voir son amie d'autrefois, lorsqu'Imogène l'attrapa par le bras.

— William ! Que vous arrive-t-il ?

Sournois, l'épicier regarda Miss McCarthery à travers ses paupières mi-closes et, ironique, s'enquit :

— A moi, Miss ?

Imogène rougit.

— Mais enfin, William, pourquoi vous conduisez-vous de la sorte envers moi ?

McGrew se redressa et lança d'une voix forte :

— Parce qu'il y a des choses qu'on n'a pas le droit de faire quand on s'appelle Imogène McCarthery !

Le major intervint, très supérieur :

— Je vous prie de vous exprimer sur un autre ton quand vous parlez à ma fiancée !

L'épicier changea de ton, en effet, mais pas dans le sens que souhaitait Coheen.

— Vous, je vous conseille de la fermer si vous ne tenez pas à ce que je vous la ferme moi-même !

Roderick en resta pantois et McGrew s'en fut non sans avertir Imogène :

— Je m'en vais où vous n'avez plus votre place, Miss, au *Fier Highlander* où se réunissent les vrais Ecossais !

Lorsqu'ils furent, l'un et l'autre, remis de leur émotion, Imogène et Roderick reprirent leur marche vers le cottage de Miss McCarthery, quand soudain l'Ecossaise aux cheveux rouges, l'indomptable fille du capitaine McCarthery, celle qui se tenait pour l'héritière spirituelle de Robert Bruce, s'arrêta en s'exclamant :

— Il ne sera pas dit que je m'inclinerai sans comprendre ce qu'ils ont contre moi !

— Je vous en prie, darling, oubliez ces gens-là et...

— Non ! Je ne permettrai à personne de se conduire de cette façon à mon égard. J'ai droit à des explications et je les aurai ! Venez, Roderick !

— Où cela ?

— Au *Fier Highlander !*

⁂

Au *Fier Highlander*, on eût dit une veillée funèbre. Ted Boolitt, appuyé sur son comptoir, semblait perdu dans un rêve sans fin. Il était si détaché des choses de la terre que Margaret sa femme, pouvait se permettre de lui parler sur un ton qui, en d'autres circonstances, lui eut valu une belle correction de la part d'un homme fort jaloux de son autorité. Mais Margaret était si heureuse d'être débarrassée d'Imogène qu'elle se sentait toutes les audaces.

— Vraiment, Ted Boolitt, vous vous rendez ridicule ! Ne penserait-on pas qu'on vous a appris la mort de votre bien-aimée !

Comme il ne répondait pas, elle insista, montrant les consommateurs :

— Et ceux-là qui sont aussi stupides que vous ! Que cette grande jument rouge ait trouvé preneur, c'est déjà extraordinaire, mais que des hommes comme vous ou McGrew ou McIntyre en souffrent, voilà qui dépasse les limites de l'absurde !

Hiératique, pareil au sphynx laissant son regard vide flotter sur les sables du désert, Ted ne sourcilla même pas. Sans doute n'avait-il pas entendu. L'apparition des trois veuves suscita une légère émotion bien vite calmée par l'indifférence générale. Margaret tint à les installer elle-même. Bravant les foudres conjugales, elle leur offrit une tournée de ginger-beer et prit place à leur table. Des temps nouveaux étaient venus et lorsqu'Archibald McClostaugh, sous prétexte de se rendre compte si tout était décent au *Fier Highlander*, entra pour boire subrepticement un whisky, les habitués eurent l'impression qu'ils avaient leur vainqueur sous les yeux. Ils en parurent encore plus abattus. Le sergent posa sur la maigre assistance un œil triomphant et salua de la plus jolie manière les veuves et Mrs Boolitt qui partageaient sa satisfaction victorieuse. Le défaut essentiel de McClostaugh était son manque de tact. Il en fournit une preuve nouvelle en demandant au patron :

— Alors, Ted, quelque chose qui ne va pas ?

Boolitt l'examina comme s'il avait en face de lui,

brusquement surgi de la nuit des temps, un pithécanthrope et répliqua sèchement :

— Et vous ?

La réponse désarçonna le policier.

— Je ne comprends pas votre question, Ted Boolitt car si vous, vous paraissez mélancolique, il n'en est pas de même pour moi, Dieu merci !

— Vous devriez pourtant !

— Pourquoi ?

— Parce que le Seigneur s'est montré cruel envers vous Archibald McClostaugh en dotant votre crâne énorme d'une cervelle d'oiseau !

D'un élan, le sergent projeta son bras par-dessus le comptoir et attrapa Ted par le cou, mais au même instant la porte du *Fier Highlander* s'ouvrait devant Miss McCarthery qui précédait le major Cloheen. Dès lors, Boolitt et le policier se désintéressèrent de leur querelle particulière pour regarder le couple qu'accueillait un silence pesant. Seules, les trois veuves et Margaret Boolitt s'empressèrent, avec des sourires et des gloussements à rendre l'atmosphère plus respirable pour les nouveaux venus. Toutefois, ce fut l'arrivée de Dougal Fettercairn et de sa jeune femme qui arrangea les choses. Ils s'assirent à une table où Ted vint en personne prendre leur commande, semblant ignorer les fiancés. Miss McCarthery protesta :

— Eh bien ! Ted, et nous ?

Sans se retourner, le patron ordonna :

— Margaret, comme il ne m'est pas permis d'interdire ma maison aux gens qui ne me plaisent pas, veuillez servir ces clients-là.

L'injure était si forte, la volonté d'être méchant si évidente, que chacun en demeura saisi. Mrs Boolitt voulut s'insurger.

— Vous n'avez pas le droit, Ted Boolitt, de...

Son mari lui coupa brutalement la parole.

— Je ne sais pas si j'ai le droit ou pas, mais ce que je sais bien, c'est que si vous ne vous exécutez pas immédiatement, je vous reconduis à coups de pieds dans le derrière là où vous devriez être, à vos fourneaux, au lieu de vous goberger aux frais de la maison avec vos trois vieilles souris !

Les trois veuves, étouffées par une indignation démesurée, incapables de prononcer un mot, caquetaient pareilles à des poules voyant fondre l'épervier. McGrew chuchota au garde-pêche :

— Je pense qu'il pourrait y avoir du sport, Fergus.

— Je l'espère, William.

Les deux amis s'écartèrent un peu de la table où ils buvaient afin d'être prêts à se jeter dans la bagarre qu'ils estimaient se préparer. Imogène se leva et frémissante d'une colère contenue, glapit :

— Ted, j'exige une explication !

— Elle est à côté de vous, l'explication !

A son tour, le major se dressa :

— Me tromperais-je en disant que vous avez mis dans votre réponse un certain mépris pour ma personne ?

Le front bas, la mâchoire en avant, Boolitt s'approcha du major :

— Mister, je vous conseille de filer avant que je ne me fâche pour de bon !

Roderick Cloheen déglutit difficilement et s'il n'eût tenu qu'à lui, il aurait quitté les lieux sans demander son reste, mais c'était compter sans sa fiancée.

— Roderick ! boxez-le !

Le sergent, appuyé au comptoir, regardait la scène sans avoir la moindre envie d'intervenir, d'abord parce que lui aussi aimait la bataille, ensuite parce que l'affront que lui avait infligé l'Ecossaise en le réputant, devant tout le monde, amoureux d'elle, lui était resté sur le cœur. Néanmoins, trouvant que les choses tardaient un peu trop, il leva son verre en déclamant d'une voix forte :

— Ladies and gentlemen je bois au bonheur de Miss McCarthery et du major Cloheen !

Archibald n'eut pas le temps de porter le verre à ses lèvres, car un formidable uppercut de Ted le souleva de terre malgré son poids et le fit glisser l'œil vitreux le long du comptoir jusqu'au sol. Cet exploit sportif fut salué d'un hourra ! par William et McIntyre. Dougal Fettercairn protesta :

— Vous l'avez pris en traître !

Ce jeune homme étranger à Callander, n'aurait pas dû se mêler de ce qui ne le concernait en aucune manière. McGrew exécutant une rapide volte-face lui flanqua son poing dans la figure et l'expédia directement sous la table. Sa femme voulut se jeter sur l'épicier toutes griffes dehors, mais d'une puissante calotte Fergus l'envoya rejoindre son mari. Pendant ce temps, Margaret toujours à l'affût des occasions pour se venger de son époux, empoigna une bouteille de ginger-beer et la cassa sur le crâne de son mari qui s'abattit, le nez en avant sur le policier qui ne parvenait pas à reprendre ses sens. Les trois veuves hurlaient des encouragements à leur amie. Malheureusement pour cette dernière, McGrew l'empoigna par derrière et par la taille et l'envoya par-dessus le comptoir où on l'entendit atterrir dans un fracas de destruction. Les veuves hurlèrent à la mort. Imogène s'en prit à son fiancé.

— Qu'est-ce que vous attendez pour intervenir ?

— Vous ne croyez pas que nous ferions mieux de...

— Seriez-vous un lâche, Roderick ?

La mort dans l'âme, le major s'approcha de McGrew.

— Ce que vous venez de faire est indigne d'un gentleman.

— Et ça ?

Cloheen ne vit pas venir le coup. Il pensa simplement que le mur — par un phénomène inexplicable — était venu à sa rencontre et il tomba à moitié étouffé par le sang qui lui giclait du nez. Furieux d'avoir été abattu par traîtrise devant Moira, Dougal se relevait et se jetait sur McIntyre qui ne s'y attendait pas. Miss Carthery l'encouragea :

— Allez-y, jeune homme ! Montrez-nous que vous êtes un vrai Highlander.

Et elle se précipita pour lui prêter main forte. Archibald revenant à lui se releva. Il examina ce qui se passait au *Fier Highlander* et poussa un soupir d'aise. Rien n'avait changé à Callander et la scène de bataille qui se déroulait sous ses yeux, il l'avait vue souvent au *Fier Highlander.* Quoiqu'il en prétendit, en effet, le sergent avait horreur du calme qu'il prônait. Attrapant une chope sur le comptoir, McClostaugh la lança de toutes ses forces sur McGrew, mais Ted l'ayant attrapé par les pieds, fit dévier son tir et ce fut Imogène qui reçut le choc dans le dos. Elle fit un malencontreux pas en avant ce qui lui valut d'encaisser sur l'œil gauche le coup de poing que Moira destinait à l'adversaire de son époux. Alors, perdant ce qu'il lui restait de sang-froid, Miss Carthery se rua au combat.

***

Le constable Samuel Tyler était plongé dans la lecture d'un manuel de pêche où il était question des différentes sortes de mouches, de leur emploi, de leurs avantages et de leurs inconvénients. Ayant ôté sa tunique, posé son casque, mis les pieds sur le bureau de son chef absent, il se perdait avec délices dans des subtilités qui le ravissaient ou l'indignaient selon qu'elles démontraient ou non la justesse de son propre point de vue. En filigrane, sur les pages du livre, il se voyait dans les Trossachs, profitant de son congé annuel pour traquer la truite, seule pêche digne d'intérêt à ses yeux. En poussant la porte avec violence, Ned Billings, le maire, arracha Sam à ses songes heureux et faillit le faire choir de son siège.

— Alors, Sam, on s'étripe dans Callander et vous, vous restez le derrière sur votre chaise !

Tyler connaissait Ned depuis qu'il était venu au monde et les admonestations d'un ancien gamin qu'il avait pourchassé jadis dans les vergers, ne pouvaient guère le troubler. Il prit tout son temps pour retrouver une attitude décente, boutonna sa vareuse et s'enquit doucement :

— Vous disiez, Ned ?

— Je disais que des femmes sont venues, affolées, m'apprendre qu'il se passait des choses horribles au *Fier Highlander !*

— Comment le savaient-elles ?

— J'ai oublié de le leur demander. Là, d'ailleurs, n'est pas la question ! Filons-y, ensemble !

Quand le maire et le constable arrivèrent au *Fier Highlander,* tout était terminé. La foule, massée devant la porte du cabaret, regardait celle-ci s'ouvrir et sortir lentement les héros fatigués. En tête, marchait Imogène — un œil au beurre noir, donnant le bras au major dont le nez ressemblait à une betterave. Puis venaient William McGrew et Fergus

McIntyre. Leurs visages eussent évoqué pour un Lyonnais la poularde truffée de la Mère Brazier, enfin les trois veuves qui psalmodiaient des invectives à l'adresse d'on ne savait qui. Archibald McClostaugh fermait la marche, du sang aux commissures des lèvres et un œil fermé. Tyler se précipita :

— Chef ! qu'est-ce qu'il y a eu ?

— Nous avons bu à la santé des fiancés... Tout le monde n'a pas été d'accord.

— Je m'en serais douté !

***

Ted Boolitt, la mâchoire endolorie, les doigts engourdis, remettait, tant bien que mal de l'ordre dans son établissement dévasté lorsqu'un gémissement le fit se diriger vers le comptoir par-dessus lequel il se pencha pour contempler sa malheureuse femme qui revenait péniblement à elle. Quand elle distingua le visage de son mari, elle murmura :

— Ted... Dites-moi la vérité... Il y a eu un tremblement de terre ou quoi ?

En dépit de ses lèvres tuméfiées, Boolitt eut un rire triomphant.

— Non, nous avons simplement célébré à la façon du vieux pays, les fiançailles de cette traîtresse d'Imogène McCarthery ! Et maintenant, si vous alliez préparer notre lunch, Margaret ? A moins que vous ne prétendiez me priver de nourriture sous prétexte que vous vous amusez comme une gamine à vous cacher sous les meubles ?

Passant derrière le comptoir, Ted aida sa femme à se relever et gagna, avec elle, la cuisine, non sans emporter une bouteille de whisky, car ils avaient sérieusement besoin, l'un et l'autre, d'un remontant.

Oubliés de tous, Dougal et Moira Fettercairn reprenaient peu à peu leurs sens. Emmêlés sous la table, ils commencèrent pas s'embrasser, puis Moira fondit en larmes.

— Qu'avez-vous, darling ?

Entre deux hoquets de désespoir, la jeune femme bégaya :

— Si vous voyiez dans quel état vous êtes Doug !

Il essaya de rire :

— Vous savez que vous n'êtes guère plus présentable.

— J'ai honte, Doug...

— Il n'y a vraiment pas de quoi ! Vous vous êtes conduite en bonne et brave fille d'Ecosse !

— Et vous trouvez ça plaisant !

— Ma foi...

— Oh ! Doug ! quand je pense que vous m'aviez promis une escapade romantique, pleine de fleurs, d'oiseaux et de tendresse...

CHAPITRE PREMIER

Roderick Cloheen était retourné au *Cygne Noir* pour soigner son nez et se reposer. Jefferson McPuntish eut du mal à croire à la réalité de ce qu'il voyait : un gentleman qui semblait s'être battu comme un portefaix ! Il ne put s'empêcher en dépit de la discrétion que lui imposait son métier, de s'enquérir :

— Un accident, sir ?

— Un guet-apens, mon ami.

— Oh ! j'espère que vous allez porter plainte, sir ?

— Impossible ! La police était dans le coup.

Le major gagna sa chambre après avoir bu deux ou trois verres de whisky. Les yeux de McPuntish faillirent lui jaillir des orbites, lorsque quelques instants plus tard, Dougal et Moira Fettercairn pénétrèrent à leur tour dans la vieille salle lambrissée de l'hôtel. Lui, était dans un état pitoyable. Quant à sa compagne, avec sa robe déchirée et sa joue droite sérieusement enflée, elle faisait pitié. Se cramponnant à son comptoir, Jefferson balbutia :

— C'est... c'est la réré... révolution ?

— Mais non McPuntish, nous avons simplement célébré les fiançailles de Miss McCarthery.

Le patron râla :

— Je l'aurais parié ! Avec cette damnée rouquine rien ne peut se passer comme ailleurs ! Je suis sûr qu'en ce moment, elle est très fière de ce que des hommes manquant de bon sens — permettez-moi de le dire, Mr Fettercairn — se soient battus pour elle !

— Oh ! vous savez, elle a mis la main à la pâte !

Jefferson gémit :

— Le jour où elle s'engageait devant Dieu et dans la propre maison du Seigneur !

⁂

Contrairement à ce que pensait le propriétaire du *Cygne Noir* Imogène ne se sentait pas fière du tout. Ayant renvoyé Rosemary Elroy — qu'elle avait dû ranimer après que cette dernière lui eut ouvert la porte et dont elle ne supportait pas les plaintes apitoyées — Miss McCarthery, allongée sur son lit, se livrait tout entière à un chagrin où le remords et la honte trouvaient leur part. Après les derniers événements du *Fier Highlander* où pour la première fois depuis qu'elle était revenue habiter Callander (et cette idée lui taraudait le cœur) Imogène avait été dans un camp opposé à celui de ses copains de toujours, elle se sentait retranchée d'une communauté sans laquelle l'existence n'aurait plus de goût pour elle. Elle voyait la véhémente hargne de Ted, l'air résolu de William, le flegme de Fergus ; elle entendait les remarques ironiques du docteur Elscott ; elle éprouvait une douce chaleur en pensant à la fraternelle affection de Sam Tyler, de Léonard Elroy (qui ne partageait pas du tout les opinions de sa femme sur la nécessité pour Imogène de se marier à près de soixante ans), à l'amitié de Ned Billings et à tant d'autres solides gaillards, francs buveurs et prompts à en venir aux mains, des types enfin avec lesquels elle était en parfaite communion d'idées. Quand elle serait devenue Mrs Cloheen, elle romprait avec son cher petit monde de Callander... D'ailleurs — bien qu'ils n'aient pas encore abordé la question — elle prévoyait que le major lui demanderait d'aller vivre à Edinburgh. En bref, son mariage la mettrait dans l'obligation de briser tous les liens l'unissant à un passé qu'elle aimait, à un coin de terre loin duquel elle ne serait plus jamais elle-même. Cette mélancolique perspective incita Imogène à se rappeler la triste façon dont son fiancé s'était conduit au *Fier Highlander* et, malgré elle, elle souriait en revoyant la manière dont William McGrew avait mis le major hors de combat. En comparaison, elle eut une pensée émue pour ce jeune couple qui, bien que ne la connaissant pas, n'avait pas craint de prendre sa défense. Non, décidément, Miss McCarthery n'avait plus tellement envie de changer d'état civil et même, elle se demandait ce qu'il lui avait pris de vouloir se marier. A mi-chemin entre la veille et le sommeil, elle se souvenait de cet enchaînement l'ayant amenée à la situation où elle se trouvait aujourd'hui.

Cela, pourtant, s'était passé le plus benoîtement du monde. Imogène avait appris, au cours du rapport sur les événements de Callander que Rosemary lui faisait tous les matins en venant prendre son service, qu'un officier en retraite était pensionnaire à l'hôtel du *Cygne Noir* où il se reposait. Dès qu'on parlait d'officier, Miss McCarthery pensait à son cher papa. Aussi, lorsque dans la rue principale de Callander, elle croisa un gentleman d'une soixantaine d'années ayant la raideur de ceux qui ont longtemps porté l'uniforme, elle lui rendit fort aimablement le salut qu'il lui adressait. L'aventure ne serait sans doute pas allée plus loin si, un après-midi, le major n'avait sonné à la porte d'Imogène et demandé la permission à Rosemary de présenter ses devoirs à la fille du capitaine McCarthery qu'il croyait avoir rencontré autrefois, aux Indes.

Tout était parti de cette visite. Roderick Cloheen avait confié à son hôtesse ses misères d'homme seul. L'armée avait été son unique maîtresse et, l'âge de la retraite venu, le major rendu à la vie civile, avait goûté l'amertume de la solitude réservée aux célibataires. De son côté, Miss McCarthery avoua à son visiteur qu'à elle aussi, la solitude pesait parfois. D'ici à supposer que leur rencontre donnait peut-être à tous deux une chance de s'évader d'un isolement qui irait s'accentuant avec le temps, il n'y avait qu'un pas. Toutefois, ils mirent des semaines à le franchir et cela à l'insu de tous. On s'apercevait bien que Miss McCarthery se promenait souvent avec le pensionnaire de Jefferson McPuntish, mais les plus vindicatives des femmes de Callander n'auraient pas osé se risquer à prétendre que la grande et chevaline Ecossaise pourrait tomber dans les filets de l'amour et encore moins qu'un gentleman aussi distingué que le major Cloheen s'éprît d'une telle créature. Quant aux amis d'Imogène, ils nourrissaient suffisamment d'estime à son endroit pour se persuader qu'elle ne les trahirait jamais et demeurerait — sur le plan sentimental et idéologique — leur propriété. Ils n'envisageaient pas que la championne de l'indépendance écossaise ait assez peu de respect d'elle-même pour sacrifier sa mission à un homme quel qu'il fût. C'est pourquoi, l'annonce des fiançailles fit l'effet d'une bombe.

A dire la vérité, cependant, le bruit de fiançailles possibles avait d'abord été chuchoté entre commères incrédules, puis s'était glissé dans des foyers sérieux, avait chatouillé agréablement l'oreille du révérend Haquarson et de sa femme, s'était heurté à l'incrédulité du docteur Elscott, de tous les familiers du *Fier Highlander* et d'Archibald McClostaugh, si bien que lorsque la nouvelle fut officielle, elle surprit autant ceux qui avaient refusé d'ajouter foi à ce qu'ils tenaient pour des racontars, que ceux ayant feint d'y croire.

***

Au lendemain de la bagarre du *Fier Highlander*, Imogène McCarthery était presque résolue à ne plus se marier. Seule, la pudeur d'un nouvel éclat la retenait. Elle n'osa pas faire part de ses vélléités antimatrimoniales à Rosemary, mait fit répondre qu'elle était absente lorsque le major téléphona pour prendre de ses nouvelles. Elle poursuivit son manège durant deux jours, ne sortant qu'à la nuit pour prendre l'air. C'est ainsi qu'un soir, elle rencontra Fettercairn et sa femme qui se promenaient étroitement serrés l'un contre l'autre. Imogène sauta sur l'occasion qui s'offrait à elle de remercier ces jeunes gens. Elle leur dit sa gratitude pour avoir pris sa défense. Dougal rétorqua que depuis que Moira se trouvaient à Callander, ils avaient entendu tant de choses étonnantes sur Miss McCarthery qu'ils souhaitaient, tous, deux, passionnément, la rencontrer et qu'au *Fier Highlander*, sans se concerter, ils s'étaient mêlés spontanément à ceux qui défendaient l'honneur d'une personne qu'ils admiraient avant même que de la connaître. Miss McCarthery buvait du petit lait et se persuadait de plus en plus qu'une pareille gloire ne pouvait que se tenir au contact du mariage. Elle invita les amoureux à prendre le thé, le surlendemain.

Au moment où Imogène s'apprêtait à prendre congé de ses nouveaux amis, Dougal, la gorge serrée, déclara d'une voix inquiète :

— Miss... Vous vous montrez si gentille à notre égard que... enfin, je ne me sens pas le droit de... de vous tromper.

— De me tromper ? Comment cela ?

— Moira et moi ne sommes pas mariés, du moins ensemble.

— Ah...

Le puritanisme de Miss McCarthery la faisait se refermer devant l'aveu, si honnête, si sympathique fût-il, du péché. Glaciale, elle s'enquit :

— Dois-je entendre que vous êtes mariés chacun de votre côté ?

— Non, seulement Moira... Elle s'appelle Moira Skateraw... Elle a épousé une brute qui ne la comprend pas du tout !

Moira pleurnicha :

— Je suis si malheureuse... Alors, quand j'ai rencontré Doug... j'ai... j'ai cru que je pourrais revivre...

— Pourquoi ne pas divorcer, dans ce cas ?

— Keith s'y oppose ! Il menace de me tuer si je le quitte !

— Et malgré cela, vous...

— Je préfère mourir que de ne plus voir Doug !

Une fois encore, le romantisme d'Imogène, fille et sœur de tous ces fous d'Ecossais, balaya ses restrictions puritaines. Elle prit Moira dans ses bras.

— Je ne sais pas encore comment je m'y prendrai, mais je sauverai votre amour !

Lorsque Imogène rentra chez elle, elle avait oublié sa mélancolie des dernières heures. Elle avait retrouvé une cause à défendre, une cause pure en dépit des apparences. Si ce Skateraw se figurait qu'il allait agir à sa guise à Callander, dans le Callander de Miss McCarthery, il se trompait et la vieille fille s'endormit en se berçant d'hypothétiques et chimériques combats.

⁂

Le nez du major avait presque repris son format normal lorsqu'il se présenta chez Miss McCarthery et y fut enfin reçu.

— Ma chère amie... Vous avez dû être terriblement secouée par ce qui nous est arrivé dans ce repaire de voyous ?

Imogène haussa les épaules.

— J'en ai vu d'autres !

— Ah ?... Je craignais que vous ne fussiez encore trop meurtrie pour me recevoir.

— Vous voyez qu'il n'en est rien... Roderick, quand nous serons mariés, où habiterons-nous ?

— J'avais primitivement l'intention de retourner à Edinburgh, mais, darling, je me suis rendu compte que ce serait une mauvaise action que de vous arracher à votre pays natal.... alors, nous vivrons ici, si vous le voulez bien ?

— Merci, Roderick... Il m'aurait été très pénible, en effet, de quitter Callander...

Un silence se fit que ni l'un ni l'autre ne savait rompre et pour les sortir tous deux d'une situation embarrassante, Imogène proposa :

— Désirez-vous visiter la maison ?

— Bien sûr !

Ils commencèrent par la cave où le major contempla avec satisfaction une jolie quantité de bouteilles de whisky, puis ils se promenèrent à travers le rez-de-chaussée avant de grimper à l'étage. Cloheen, dans la chambre d'Imogène s'inclina gravement devant la photographie du capitaine McCarthery ce qui émut profondément la fille de ce dernier. La voix mouillée par la reconnaissance et dans le but de masquer son émotion, Miss McCarthery dit en minaudant :

— Je ne pense pas que ce soit dans les bons usages qu'une fiancée introduise son fiancé dans sa chambre avant le mariage...

Le major rit complaisamment.

— D'ici peu, darling, nous y dormirons côte à côte !

— Quoi !

— Qu'avez-vous, ma chère ?

— Vous avez l'intention de coucher dans MA chambre !

— Naturellement !

— Alors, vous vous figurez que je vais m'habiller et me déshabiller devant un homme ?

— Un homme qui sera votre mari, darling !

Eperdue, Imogène, mise soudain en présence des réalités du mariage, bégaya :

— Je... je n'avais pas... pensé... envisagé...

Câlin, le major s'approcha :

— Pourtant, ma chère, un mari...

— Peut-être mais...

— Il n'y a pas, il n'y a plus de mais, Imogène chérie... Vous serez à moi ! J'aurai le droit de tout exiger de vous !

Ce n'était pas le ton qu'il fallait employer avec Miss McCarthery.

— Décidément, major, il faut que je vous demande pardon... Je crois que je ne suis pas faite pour ce genre de... d'épreuve...

— Qu'en savez-vous, darling ?

Cloheen était habitué à vaincre. Il se fia à son expérience et prenant Imogène par la taille, il lui plaqua un baiser sur les lèvres. Malheureusement, pour lui, le major n'était pas rompu aux mœurs de Callander. En un clin d'œil, la déroute remplaça ce qu'il tenait déjà pour une victoire. D'un violent coup de reins Miss McCarthery se dégagea en criant :

— C'est... c'est dégoûtant !

Et la maîtresse paire de claques que lui administra Imogène laissa Cloheen sans réaction. En même temps, il se sentit empoigné, tiré, bousculé hors de la chambre, malmené sur le palier et enfin poussé dans l'escalier qu'il descendit sur le derrière. Miss McCarthery arriva en bas presque aussi vite que lui, le ramassa comme un paquet de linge sale, le mit debout, lui colla son melon sur la tête au passage et l'obligeant à courir jusqu'à la porte du jardin, le jeta dehors en criant :

— Espèce de débauché : vous êtes la honte de l'Ecosse ! Ne remettez jamais les pieds ici ! Je ne veux plus jamais vous revoir, obsédé !

Rentrant dans son living-room, Imogène calmée, se frotta les mains en s'avouant à elle-même :

— Voilà une bonne chose de faite !

Et soudain, libérée, rajeunie, elle esquissa un pas de gigue et s'en fut boire un verre à la mémoire de son père et de Robert Bruce.

Cloheen fit irruption au *Cygne Noir* dans un état

de fureur indescriptible et à Jefferson qui somnolait à son bureau, il cria :

— Une folle ! une véritable folle ! voilà ce qu'elle est ! Donnez-moi une bouteille de whisky et un verre, je vais me soûler dans ma chambre !

Plein de dignité, le patron répliqua :

— Sir, je ne tolère pas que chez moi...

— Ce que vous tolérez ou ne tolérez pas, je m'en fous ! Ce ne serait quand même pas la peine d'avoir obtenu la Grande Chartre si l'on n'avait pas le droit de se cuiter à domicile ! Alors, grouillez-vous de me remettre cette bouteille, mon gars, sinon je casse tout dans votre sacrée boutique !

Jefferson qui n'avait rien d'un foudre de guerre tendit la bouteille et le verre, puis s'en fut s'installer devant la cheminée en ruminant de tristes pensées sur les changements survenus dans l'éducation britannique depuis qu'il avait abandonné les frais chemins de l'adolescence.

A l'heure du dîner, on dut frapper longtemps à la porte du major pour l'arracher à un sommeil qui ne l'avait pas dessoûlé. Le voyant descendre l'escalier en se tenant à la rampe, McPuntish se félicita de ce qu'il n'y eût comme pensionnaires, en dehors de cet encombrant sexagénaire, que ce couple trop perdu dans sa tendresse pour s'occuper d'autre chose que de lui-même. Cloheen prit péniblement place à la table qui lui était réservée, mangea deux ou trois bouchées en silence puis brusquement, repoussa son assiette et hurla :

— Je vous dis que c'est une garce, McPuntish ! Elle s'est foutue de moi ! et personne ne s'est encore jamais payé la physionomie de Roderick Cloheen, D.S.O. !

Dougal et Moira regardèrent l'excité avec curiosité

tandis que Jefferson s'efforçait de calmer son hôte :

— Voyons, major... Un homme de votre qualité ne doit pas se donner en spectacle...

— Dites-donc, vous, je ne vous ai pas sonné, hein ? Alors, mêlez-vous de vos oignons et ne vous amusez pas à venir piétiner mes plates-bandes ! Vous avez compris ? D'abord, de quel droit vous permettez-vous de me juger ? Vous ne savez même pas l'abominable tour qu'elle m'a joué, votre Ecossaise aux cheveux rouges.

Il se tourna vers les jeunes gens :

— Ecoutez un peu ça, vous autres ! On devait se marier... On s'est même, à cette occasion, flanqué des coups avec je ne me rappelle plus qui, pour je ne sais pas quoi... Alors, elle m'a offert de visiter sa maison où nous vivrions sitôt que je lui aurais passé la bague au doigt... A vrai dire, c'était surtout la maison qui m'intéressait, parce que la bonne femme, hein, entre nous, c'est pas du gâteau !

Jefferson McPuntish détestait Imogène, mais s'il entendait s'exprimer lui, avec la plus grande liberté de langage sur le compte de la fille du capitaine McCarthery, il ne supportait pas qu'un étranger l'imitât.

— Major, je vous rappelle que Miss McCarthery est une de mes concitoyennes, et je ne tolérerai pas que vous parliez d'elle avec autant de cynisme et de vulgarité.

Dougal Fettercairn, de sa table, lança :

— Bravo ! Mr McPuntish... Un conseil, major : remontez donc dans votre chambre et allez cuver votre whisky !

— Et qui êtes-vous, vous, pour vous permettre de me donner des ordres ? Non, mais pour qui vous prenez-vous, vous autres, les Ecossais ? pour le sel de la terre, sans doute ? Et puis, je vais leur montrer à cette bande de sous-développés du *Fier Highlander* qu'un major de l'armée britannique ne les craint pas !

Il se leva et titubant, se dirigea vers la porte.

— Il y aura du cadavre, les gars ! Tel que vous me voyez, je les rosserai ces sacrés Ecossais !

Au moment de sortir, il se retourna :

— Parce que toute maligne qu'elle se croit la petite bique rouge, elle ne s'est même pas rendu compte que je ne suis pas écossais et que je n'avais jamais fichu les pieds dans ce pays de sauvages avant de rappliquer chez cette vieille noix de Jefferson McPuntish !

Après le départ du major, il y eut un grand silence, puis le patron soupira :

— Et moi qui le prenais pour un gentleman...

Il attrapa le téléphone et composa le numéro du poste de police :

— C'est vous ? sergent ? hein ? Oui, d'accord, je me doutais bien que ça ne pouvait pas être le monstre du Lochness que je trouverais au bout du fil... Vous avez raison... Tout de même, si vous vous montriez aimable, une fois dans votre vie, McClostaugh, vous pensez que vous attraperiez la jaunisse ? Pardon ?... Mais non, je ne vous méprise pas parce que vous êtes né dans les Lowlands, nul n'est responsable de sa naissance... Quoi ?... Où avez-vous pris que j'insultais votre mère ?... Et puis ça suffit, sergent ! Je suis persuadé que vos parents étaient de forts honnêtes gens et maintenant, voulez-vous, oui ou non m'écouter ? Si vous m'aviez laissé parler, il y a longtemps que vous sauriez ce que j'ai à vous dire... Il y aura du grabuge tout à l'heure au *Fier Highlander*, où le major, complètement ivre, vient de partir pour déclencher un scandale... si jamais il y arrive.

Il n'y arriva pas et Samuel Tyler trouva Roderick Cloheen étalé sur le sol, les bras en croix, à l'entrée de Callander. Il ronflait comme une toupie et le constable eut toutes les peines du monde à le ramener au *Cygne Noir* où il dut aider le patron à coucher son hôte.

***

Ainsi qu'il avait accoutumé de le faire chaque soir, le révérend Haquarson lisait quelques passages de la Bible à sa chère épouse, lorsque le timbre de l'entrée résonna dans le silence évangélique. Le premier réflexe du pasteur fut de lever les yeux sur la pendule pour constater qu'il était presque neuf heures, puis il regarda sa femme et celle-ci traduisit à haute voix l'interrogation muette de son époux :

— Qui cela peut-il bien être ?

A nouveau, le visiteur manifesta son impatience en appuyant plus durement sur le bouton de la sonnette.

— Je vais ouvrir...

Pendant que sa femme allait voir qui venait déranger son mari, ce dernier, tout en troquant sa robe de chambre contre son veston, essayait de se remémorer la liste de ses paroissiens en danger de mourir par suite d'accident. Il n'en avait pas trouvé un seul lorsque sa compagne revint suivie d'Imogène et annonça, incrédule :

— C'est Miss McCarthery, Reginald, qui a, paraît-il, de graves révélations à vous faire.

— Ah ?... Il faut, en effet, que ce soit bien grave pour justifier une visite aussi tardive.

Imogène cria plus qu'elle ne dit :

— J'ai rompu mes fiançailles et flanqué hors de chez moi cet impudent major Cloheen. J'ai tenu à ce que vous en soyez le premier informé, révérend.

Haquarson se laissa tomber dans son fauteuil avec un gémissement pitoyable. Ainsi, tout était à refaire et cet incroyable amazone qu'il espérait avoir vue prendre enfin le bon chemin, s'en écartait à nouveau. Mrs Haquarson joignit les mains, ferma les yeux et murmura une courte prière alors que son mari se redressant, demandait à la visiteuse :

— Ce n'est pas possible, Miss McCarthery ! Vous vous êtes engagée devant tous et plus encore devant Dieu.

— J'étais aveuglée !

— Aveuglée ?

— Et c'est le Seigneur qui m'a ouvert les yeux, juste à temps !

Haquarson grogna :

— Juste à temps, c'est une façon de parler ! Je regrette que le Seigneur puisque vous lui en attribuez l'initiative ne S'y soit pas pris quelques jours plus tôt, cela nous eût évité un nouveau scandale... Cependant, Miss, je veux croire que votre décision n'est pas irrévocable ?

— Elle l'est !

Le pasteur s'emporta :

— A la fin des fins ! Il faudrait tout de même savoir ce que vous voulez, Miss McCarthery !

L'Ecossaise regarda son interlocuteur avec des yeux étonnés :

— Moi ? rien.

— Comment ça, rien !

— Je suis simplement venue vous avertir, par correction.

La colère gagnait peu à peu du terrain dans l'esprit du révérend qui n'était pas, d'ailleurs, d'un tempérament paisible.

— Par correction, hein ?

Il éclata :

— Et vous jugez correct de rompre des fiançailles célébrées publiquement, au temple, et ce, quelques heures après avoir engagé votre foi ?

— Oui, quand on s'aperçoit qu'on a failli devenir la compagne d'un... d'un être répugnant !

— Décidément, vous êtes folle !

Mrs Haquarson voulut ramener le débat à ses justes proportions et tirant son mari par sa veste, elle chuchota :

— Reginald... je vous en prie... calmez-vous !

D'une secousse brutale, le pasteur fit lâcher prise à sa femme et rugit :

— Vous n'avez pas d'ordre à me donner ! et j'estime que c'est de mon devoir de montrer à Miss McCarthery l'erreur de sa conduite qui, une fois de plus, suscitera le scandale dans Callander !

S'il y avait une chose qu'Imogène détestait le plus au monde, à part les Anglais, c'était l'injustice.

— Vous osez me blâmer parce que je me refuse à épouser un dépravé ! C'est le comble ! Vous, un homme de Dieu !

Le pasteur ne recouvra son sang-froid qu'au moment où Imogène s'apprêtait à sortir.

— Miss McCarthery, si vraiment vos accusations sont fondées, je vous adresse mes excuses et j'espère que, de votre côté, vous me présenterez les vôtres pour avoir osé porter un jugement calomnieux sur mes mœurs. Revenez, miss McCarthery et expliquez-moi quelles ont été les honteuses propositions que ce major vous a faites.

Pendant qu'Imogène obéissait, Haquarson conseillait à son épouse :

— Retirez-vous, ma chère amie. Il risque d'être

question ici de choses qui ne pourraient que vous salir l'esprit.

La femme du pasteur gagna donc sa chambre après avoir salué Imogène et reçu le baiser conjugal sur son front dont la sérénité n'avait jamais été altérée, depuis qu'elle était devenue la compagne d'un soldat du Seigneur. Quand elle fut partie, Haquarson dit :

— Dans quelles circonstances votre fiancé, s'est-il conduit de manière répréhensible ?

— Alors que je lui faisais visiter ma maison lorsqu'il m'eut promis — à ma grande joie — que nous ne quitterions pas Callander après notre mariage.

L'estime que le révérend portait au major baissa aussitôt de nombreux degrés.

— Et... que s'est-il passé ?

Frémissante encore d'indignation en revivant la scène qui avait eu lieu quelques heures plus tôt, Imogène déclara :

— Il m'a confié son intention de... de coucher dans ma chambre et de... de... enfin, vous me comprenez...

— Oui et ensuite ?

— Il m'a attrapée par la taille et m'a posé un baiser sur les lèvres !

Haquarson examina le visage de son interlocutrice pour essayer de savoir si elle se moquait ou non de lui. Il dut conclure à sa sincérité. Pendant qu'il cherchait ses mots, Imogène ajouta à voix basse :

— J'ai eu l'impression de me trouver entre les pattes d'une bête !

Cette fois, ce fut la silhouette de sa visiteuse que le pasteur étudia, pour convenir lui-même que certain officiers retraités avaient d'étranges inclinations ou un sens de l'esthétique qui ne devait pas être celui des civils.

Après un assez long silence où Haquarson se demandait ce qu'il fallait dire à Imogène pour la ramener à une vue plus réaliste des obligations matrimoniales, il déclara :

— A part son geste déplacé, qui n'était, je veux le croire, qu'une audace due à la passion, la conduite de votre fiancé ne me semble pas témoigner d'une dépravation quelconque, Miss McCarthery.

— Comment ! A nos âges, vous trouveriez normal que... que nous cohabitions dans la même chambre ?

— C'est la loi commune, vous savez !

— Dans ce cas, cette loi n'est pas faite pour moi !

— Miss McCarthery, je rends grâce à une pudeur sympathique en un temps où les impudiques tiennent le haut du pavé, mais il importe de ne pas exagérer. Une femme n'a pas de secrets pour son mari, ni spirituels ni physiques.

— Je me refuse à envisager cette éventualité !

— J'ose espérer qu'à votre âge, Miss McCarthery, vous n'ignorez plus comment les enfants viennent au monde ?

— Lorsque j'étais petite, Rosemary Elroy qui m'a élevée après la mort de ma pauvre chère maman et qui est encore à mon service aujourd'hui, m'a appris qu'on les trouvait dans les rhododendrons.

La mâchoire du pasteur tomba, tant la stupeur l'accablait. Il se reprit pour demander :

— Et votre opinion n'a pas changé depuis ce temps lointain ?

— Si, bien sûr, mais en vérité, je n'ai pas cherché à creuser la question. Je ne peux plus, hélas, ne pas savoir que les bébés ne se trouvent pas dans les rhododendrons, et je me permets de le regretter.

— En somme, vous estimez que l'Eternel ayant dit

que l'homme et la femme ne feraient qu'un tout, moralement et physiquement, a eu tort ?

— Simplement, je n'approuve pas.

Haquarson était très chatouilleux sur ce qui touchait les textes sacrés et la moindre critique le jetait hors de lui.

— Miss McCarthery, vous êtes une impie !

Imogène se dressa d'un jet.

— J'étais venue par respect pour votre sacerdoce et non pour recevoir des insultes ! Si vous ne me comprenez pas, si vous ne m'approuvez pas, c'est que vous n'êtes qu'un sépulcre blanchi !

A son tour, le révérend se leva d'un bond.

— Retirez immédiatement ce que vous avez dit !

— Je n'avais pas cru ceux qui m'assuraient que vous étiez un sournois, un hypocrite et un faux serviteur de Dieu, maintenant, je sais que j'ai eu tort ! Adieu, serviteur de Baal ! Vous ne valez pas mieux que le major !

La manière dont Miss McCarthery claqua la porte secoua la petite maison tout entière.

Se réveillant, Mrs Haquarson fut étonnée de ne pas sentir la présence de son époux dans la chambre. Surprise, elle alluma la lampe de chevet et constata que le lit du pasteur n'était pas défait. Inquiète, elle abandonna sa couche et, dans ses pantoufles se glissa silencieusement jusqu'à la pièce où elle avait laissé son mari en tête à tête avec Imogène McCarthery. Elle constata que la visiteuse n'était plus là et découvrit le révérend prostré dans son fauteuil. Elle s'approcha :

— Eh bien ! Réginald, vous ne vous couchez pas ?

Il leva vers elle des yeux encore hagards, sans répondre.

— Quelque chose qui ne va pas ?

Il eut une sorte de râle où sa femme crut entendre : « Cette fille... »

— Apaisez-vous, mon ami... Je vous en prie !

Haquarson prit les mains de sa femme dans les siennes et les serra convulsivement :

— Il ne m'est pas possible de me calmer quand j'apprends qu'une partie de la population de Callander me tient pour un hypocrite ! Lorsque je m'entends traiter de dépravé et de serviteur de Baal !

L'épouse du pasteur aida son mari à se lever de son fauteuil.

— Allons, ne pensez plus à ces divagations et venez vous coucher... Je vous mettrai des compresses d'eau sédative et je vous préparerai un thé léger...

Ayant perdu tout ressort, Haquarson suivit docilement sa compagne, se laissa mettre au lit et poser des compresses sur le front. Quand elle vit qu'il devenait plus tranquille, son épouse gagna la cuisine afin d'y faire chauffer de l'eau, tout en s'interrogeant en vue de deviner si l'Ecosse n'était pas maudite de toute éternité pour que Dieu permît que naissent sur le sol des Highlands, des créatures aussi monstrueuses qu'Imogène McCarthery ?

⁂

Imogène s'apprêtait à monter dans sa chambre lorsque la clochette surmontant la porte du jardin, fit entendre ses accents guillerets. Miss McCarthery étant d'une nature particulièrement hardie alluma la lanterne du jardin et s'en fut voir le nez de l'importun. Malgré l'inclination qu'elle éprouvait pour eux, elle ne songea pas à masquer son étonnement en découvrant Dougal et Moira. La sympathie ne saurait faire oublier la bienséance et l'Ecossaise demeurait intransigeante quant aux principes qui avaient toujours réglé son existence. Aussi fut-ce d'un ton empreint de froideur qu'elle déclara aux importuns :

— Permettez-moi d'être surprise de...

Dougal lui coupa vivement la parole.

— Excusez-nous, Miss McCarthery, mais il fallait que l'on vous voie tout de suite.

Pas tellement convaincue, Imogène introduisit les jeunes gens dans son living-room et les invita à s'asseoir, puis, assez sèchement les pria de lui exposer les raisons de leur visite tardive. Gênés, Dougal et Moira se regardèrent comme si chacun invitait l'autre à parler. Leur trouble n'échappa pas à leur hôtesse du moment. Elle s'en impatienta :

— Si vous êtes venus pour me dire quelque chose, dites-le, c'est le moment !

Dougal prit une longue inspiration avant de lâcher tout d'une traite :

— Eh bien ! voilà, Miss, on se moque de vous et ça, Moira et moi nous ne pouvons pas l'admettre.

Sur le moment, Imogène se voulut incrédule. Qui donc, dans Callander, oserait se moquer de la fille du capitaine McCarthery ? Qu'on la combatte, d'accord, mais qu'on la raille, qu'on ne la prenne pas au sérieux, jamais ! Déjà une merveilleuse colère commençait à mettre le feu dans ses veines et à soulever sa maigre poitrine. Raide, elle déclara :

— Vous penserez comme moi, Mr Fettercairn, qu'une pareille affirmation exige une explication ?

Alors Dougal et Moira, se relayant, racontèrent l'abominable numéro que leur avait fait le major Cloheen, faux Ecossais. Imogène écouta sans piper mot, mais le corps parcouru de longs frissons. Quand Dougal eut achevé son récit, elle remercia les deux jeunes gens et les pria de ne toucher mot à personne de cette histoire qu'elle entendait régler selon ses goûts personnels. Avant de les quitter, elle les assura qu'elle leur était très reconnaissante de l'avoir mise au courant et qu'elle leur devrait de ne pas perdre la face devant la population de Callander. Pour conclure, elle invita Moira à venir la voir afin que les deux femmes fissent mieux connaissance.

Le couple reparti, Imogène put se livrer tout entière à la fureur qu'elle avait dû dominer en présence de ses visiteurs. Avoir osé lui jouer un tour, à elle ! à elle, symbole de l'Ecosse enchaînée au char de l'Angleterre ! à elle pour qui tout Ecossais ne pensant pas que Marie Stuart était encore en prison, s'affirmait indigne d'être Ecossais ! Miss McCarthery but presque une demi bouteille de whisky pour tenter de retrouver son calme. Elle y parvint au moment où elle plongeait dans une molle ivresse.

Lorsque Rosemary Elroy venant prendre son travail, vers huit heures du matin, découvrit celle qu'elle appelait encore son baby, effondrée sur le divan, elle la crut morte et commença de gémir. Mais elle aperçut la bouteille de whisky et sa plainte se transforma en un soupir désespéré : Miss Imogène marchait sur les traces de son capitaine de père. La vieille femme n'avait plus qu'un espoir : que le mariage change son « baby » et l'éloigne des tentations héréditaires.

Avec d'infinies précautions, Rosemary réveilla Imogène et quand celle-ci eut repris ses sens, elle lui demanda si elle n'avait pas honte de se conduire de la sorte, et qu'elle prierait le Seigneur pour que le major l'aide à perdre cette funeste passion du whisky. En écoutant ses paroles pleines de sagesse, Imogène fit entendre un hennissement d'une telle force qu'il dut mettre en émoi tous les étalons du comté de Perth.

— Le major ! Rosemary, tout est fini ! je ne me marie plus !

Ce fut au tour de Rosemary Elroy de pousser un cri et de se laisser aller dans le fauteuil placé en face du divan.

***

A 9 heures du matin, Mrs Haquarson ayant donné le branle en rencontrant les trois veuves celles-ci s'égayèrent à travers Callander pour porter l'extraordinaire nouvelle. Un des premiers informé (du fait qu'il passait le plus clair de son temps sur le seuil de son magasin), l'épicier William McGrew, oublia d'un coup son atonie des jours précédents et rentra dans son magasin en sifflotant « Bonnie Dundee ». Attirée par l'écho d'une humeur joyeuse dont elle croyait avoir perdu le souvenir, Elisabeth sortit de la réserve aux biscuits et confitures pour demander :

— Eh bien ! William, que vous arrive-t-il ?

— Elisabeth, la vie est belle !

— Qu'est-ce qui vous pousse à cette constatation, William ?

— Miss McCarthery a rompu ses fiançailles !

La femme de McGrew porta la main à sa gorge comme si, subitement, la respiration lui manquait. Avec une négligence qui ne lui ressemblait pas, elle posa son maigre derrière sur un tas de cageots de salades et dit d'une voix désenchantée :

— Alors, tout va recommencer...

— Oui, Elisabeth, nous allons revivre ! Il faut que j'aille voir Ted !

— Il n'est pas dix heures et vous vous rendez déjà au bar, espèce d'ivrogne sans pudeur ?

— Prêt à quitter l'épicerie McGrew s'arrêta net et se tournant lentement, déclara :

— Elisabeth McGrew, je vous conseille de veiller à votre vocabulaire quand vous vous adressez à celui que le Seigneur a voulu punir en vous le donnant pour mari.

— William McGrew, vous n'avez pas plus de respect pour votre épouse légitime que pour l'Eternel dont vous ne cessez de bafouer la foi ! Avec la grande garce aux cheveux rouges, vous êtes la honte de Callander !

En voyant le visage de son mari, Elisabeth prit peur. Pour se défendre, elle étendit le bras et attrapa le premier objet qui lui tomba sous la main. C'était un magnifique hareng saur et elle l'expédia directement au visage de son compagnon alors que les trois veuves entraient dans le magasin. William s'étant rapidement baissé, Mrs Plury ne comprit pas, sur le moment, pourquoi un hareng saur atterrissait sur son imposante poitrine et, par suite à la fois des hasards de l'équilibre et des lois de la pesanteur, s'y logeait comme un serpent dans son nid. Avant qu'elle n'ait hurlé, McGrew prenait délicatement le poisson, et demandait, aimable :

— Et avec ça, Mrs Plury ?

***

Ted Boolitt était au courant lorsque McGrew vint le voir. Sans un mot, les deux amis s'étreignirent. Quand ils s'arrachèrent à leurs embrassades, William dit simplement :

— Il y aura encore de beaux jours, Ted.

— J'en suis sûr... Mais savez-vous pourquoi Miss Imogène a décidé de rompre ?

— Non, mais je me figure qu'elle a réalisé la manière honteuse dont elle se conduisait et aussi qu'elle n'avait pas le droit de nous abandonner.

A cet instant, Imogène poussa la porte du *Fier Highlander* et Margaret Boolitt qui sortait de sa cuisine, et ayant appris la nouvelle qui courait dans Callander, sut que plus rien ne la débarrasserait désormais de la grande fille aux cheveux rouges sauf la mort et elle retourna pleurer sur son fourneau.

Quand ils virent leur amie retrouvée, William et Ted se précipitèrent vers elle pour la féliciter mais elle les arrêta pour leur confier d'une voix empreinte tout à la fois de noblesse et d'amertume :

— Nous n'aurons le droit de nous réjouir que lorsque l'affront engagé à l'Ecosse en ma personne aura été vengé !

— Quel affront, Miss ? demanda Ted.

Ayant pris sa respiration, Imogène, détachant bien ses mots répondit :

— Le major Roderick Cloheen n'est pas Ecossais, il n'avait même jamais mis les pieds en Ecosse avant de venir à Callander !

***

Le sergent Archibald McClostaugh se perdait avec ivresse dans les pièges, astuces et chausse-trappes du concours de mots croisés du *Times*. Depuis des années qu'il s'escrimait dans ce genre de travaux, il n'était jamais parvenu à se classer dans les cent premiers dont seuls les noms étaient cités. Il ne désespérait pas et avec un acharnement digne d'un meilleur sort, il s'épuisait à découvrir ce que cachaient des définitions ambiguës.

L'arrivée de Samuel Tyler l'obligea à interrompre ses passionnantes études. Il en montra de l'humeur.

— Qu'est-ce qu'il y a encore, Tyler ?

— Je viens de faire un tour dans Callander. Il ne s'y passe rien qui puisse intéresser la police.

— Dans ce cas, pourquoi me déranger ? On voit bien que vous n'êtes pas un intellectuel, vous !

Archibald s'apprêtait à replonger dans sa tâche ardue lorsqu'il se rappela l'air triomphant du constable.

— Sam, si la situation est calme en ville, pourquoi semblez-vous si heureux ?

— Parce qu'il règne une grande animation dans nos rues et que j'aime bien voir notre Callander sortir de sa torpeur habituelle.

— Dont vous devriez vous féliciter en tant que représentant de l'ordre, Tyler. A quoi est due cette animation qui vous enchante, je vous prie ?

— A une nouvelle répandue par la femme du révérend Haquarson... Il paraît qu'Imogène McCarthery a rompu ses fiançailles.

McClostaugh, le souffle court, croassa :

— Dois-je entendre par là que non seulement elle ne se marie plus, mais encore qu'elle restera ici ?

— Je le crois, chef.

Le sergent se précipita vers l'armoire-bibliothèque dont il ouvrit la porte pour y prendre une bouteille de whisky. Il en porta le goulot à ses lèvres et l'en retira presque aussitôt en gémissant :

— Elle est vide !

Fixant un œil noir et chargé de soupçons sur son adjoint, Archibald grommela :

— Je me demande comment il se fait que cette bouteille soit vide, Tyler ?

— Pour la bonne raison que vous l'avez bue, chef.

— Je crains que quelqu'un d'autre m'ait largement aidé dans cette tâche ! Vous devinez à qui je fais allusion, Tyler ?

— Non, chef.

— Tyler, vous êtes un menteur ! et un chapardeur, de surcroît ! Allez me chercher un flacon de scotch. J'ai besoin de me remettre après l'atroce nouvelle que vous m'avez cyniquement apportée ! Eh bien ! qu'est-ce que vous attendez ?

— L'argent.

— Quel argent ?

— Pour acheter la bouteille, chef.

McClostaugh secoua la tête.

— Ce que vous pouvez être sordide, mon pauvre Sam ! Payons-la donc moitié-moitié.

— A condition que nous la partagions ?

— Naturellement.

Quelques instants plus tard, Sam revenait avec le précieux liquide et en enlevait le bouchon.

— Vous permettez, chef ?

Il ingurgita aussitôt une bonne rasade, tandis que le sergent, écœuré, s'enquérait :

— La discipline, vous vous en fichez, hein, Tyler ?

Ayant précautionneusement essuyé le goulot du flacon, Sam le tendit à Archibald qui en avala d'un coup plus du quart. Cet exploit souleva la désapprobation de Tyler :

— Si vous y allez de ce train, chef, je n'en boirai sûrement pas la moitié !

— Sam, vous oubliez que vous n'êtes qu'un simple constable et que je suis sergent. J'ai donc droit à une ration double ou alors dites tout de suite que vous niez la hiérarchie et que vous n'êtes qu'un bolchevique ?

⁂

Vers onze heures, ce matin-là, Dougal Fettercairn qui venait de prendre sa douche après une longue promenade dans les bois et mettait le nez à la fenêtre du bungalow que lui avait loué Jefferson McPuntish, fut très surpris de voir sa compagne, Moira, en grande conversation dans le parc du *Cygne Noir* avec ce triste individu qu'était le major Cloheen. Il se demanda ce qu'ils pouvaient bien se raconter tous les deux, car il ignorait que durant le temps où il galopait dans les Trossachs pour entretenir sa forme physique, Moira avait reçu la visite de Fergus McIntyre, le garde-pêche et qu'en prenant langue avec le major, elle ne faisait qu'obéir à Fergus.

Dougal n'en crut pas ses yeux lorsque sa Moira et Cloheen se levant du banc où ils prenaient le soleil et respiraient l'air balsamique de la forêt, s'en allèrent côte à côte. S'il n'avait pas été tout nu, Dougal aurait sauté par la fenêtre pour les suivre. La rage au cœur, il dut se contenter d'attendre le retour de la jeune femme.

En vérité, il ne s'agissait point de quelque intrigue inimaginable entre Moira et Roderick. Simplement, embusquée derrière ses volets — après la visite de McIntyre — la dame avait guetté la sortie du major. Lorsqu'il était allé s'asseoir sur un des bancs du jardin, elle était sortie à son tour. Saluée par l'ex-fiancé d'Imogène, elle avait pris place à ses côtés, avait parlé de choses et d'autres avant d'avouer son envie de s'offrir une bonne promenade, mais que son mari étant absent, elle n'osait pas se risquer seule dans les bois, en vertu de craintes ataviques et ridicules. Elle reconnut posséder sur ce point la mentalité du Petit Chaperon Rouge. Cloheen qui avait parfaitement récupéré après sa cuite de la veille, se sentit les plus grandes dispositions pour jouer le rôle du loup.

Les deux promeneurs gagnèrent les bords du loch Vennachar où ils se reposèrent un moment, puis ils reprirent leur marche, le major se montrant de plus en plus empressé, presque convaincu que sa jeune compagne était sur le moment de céder à son charme. Ils s'engagèrent dans le sous-bois et arrivèrent à une clairière qui parut à Cloheen l'endroit idéal pour pousser une sérieuse offensive sentimentale.

— Ma chère amie... Ne pensez-vous pas que l'on se croirait dans cette forêt des Ardennes que Shakespeare aimait à choisir comme décor ? J'ai l'impression que là, devant nous, une fée va émerger des frondaisons et...

Les mots expirèrent sur ses lèvres en voyant apparaître non pas une fée, mais Imogène McCarthery. Elle avait un tel visage que tout de suite le major eut peur. Il jeta un coup d'œil à gauche et reconnut William McGrew, l'épicier, et à droite où il cherchait la possibilité d'une fuite, se tenait Ted Boolitt. Se retournant, le major vit venir à lui Fergus McIntyre, le garde-pêche. Bientôt ces quatre personnages l'entourèrent, ne lui laissant pas la moindre chance de s'en tirer. Fergus s'adressa à Moira et la remercia de l'aide qu'elle leur avait apportée. Comprenant la machination ourdie contre lui, Cloheen entra dans une fureur noire et injuria Moira :

— Espèce de sale petite garce ! Vous m'avez eu, hein ? bougre de Dalila ! mais je vous jure que je vous rattraperai au tournant et que je vous étranglerai de mes propres mains ! vous entendez ? de mes propres mains !

McGrew empoigna le major par le revers de sa

veste et le secouant quelque peu, lui intima l'ordre de se taire, estimant que c'était à Miss McCarthery de parler. Celle-ci, sans colère, avec la froideur de la Justice que rien ne peut émouvoir, déclara simplement :

— Roderick Cloheen, vons n'avez pas craint, en vous faisant passer pour ce que vous n'êtes pas, de ridiculiser, non seulement la fille d'un capitaine, mais encore une population tout entière. Vous avez usurpé la qualité d'Ecossais et pour cela vous serez puni afin que votre châtiment serve d'exemple à ceux qui seraient tentés de vous imiter.

Sans ajouter un mot, Imogène tourna les talons, rejoignit Moira et passant son bras sous le sien, l'entraîna :

— Venez mon enfant et laissons les hommes se débrouiller entre eux.

Elle ne s'éloignèrent point assez vite pour ne pas attraper dans la douceur de l'air le cri que lançait Cloheen en recevant le premier coup de poing de Ted Boolitt.

***

Imogène avait emmené Moira jusque chez elle, lui avait présenté Rosemary et l'ayant installée sur le canapé, lui parla de sa famille, de son héros de père et de son attachement aux Highlands.

Lorsqu'elle eut terminé son discours, elle offrit à son hôte de boire un verre. La compagne de Dougal comprit qu'il serait de bonne politique de ne pas refuser. Le whisky dans les verres avec de la glace et de l'eau plate, Miss McCarthery demanda :

— Parlez-moi de vous, Moira et de votre romantique aventure avec Mr Fettercairn.

Alors, la jeune femme dit que Keith Skateraw ne l'avait prise que pour son argent, ses parents — morts dans un accident depuis son mariage — étaient de riches imprimeurs de Aberdeen. Moira savait bien qu'elle était plutôt laide que jolie et, en dépit de sa fortune, elle atteignait sa vingt-troisième année sans que jamais un garçon lui ait proposé de l'épouser. Elle n'ignorait pas qu'elle n'avait pour elle, en plus de sa dot, que sa jeunesse et celle-ci estompée, elle risquait de rester vieille fille. Ce fut son père qui lui présenta Keith Skateraw, un représentant en caractères typographiques. Un homme qui avait une douzaine d'années de plus qu'elle et que l'idée de jouir d'un solide compte en banque enchantait suffisamment, pour qu'il ne se montrât pas trop difficile sur le physique de celle devant devenir son épouse. Après le mariage, de représentant, Keith était devenu patron et s'était installé à Aberdeen où il se mit à traiter durement sa femme parce qu'il avait atteint son but et ne se souciait plus d'elle.

Moira pensait au suicide, lorsqu'elle avait rencontré Dougal un an plus tôt. Dougal occupait un poste important dans la banque Moorfoot à Edinburgh et s'était rendu à Aberdeen pour un week-end. Un garçon tendre et timide. Il avait osé aborder Moira parce qu'elle pleurait sur un banc du Jardin botanique et c'est là que leur roman était né. Instruite par l'expérience, Moira n'avait pas touché un mot de son argent. Elle tenait, aussi miraculeux que cela puisse être, à ce qu'on l'aime pour elle-même. Quand elle avait été certaine de la tendresse de Dougal, elle avait vainement demandé à Keith, moyennant une belle indemnité de lui rendre sa liberté. Elle avait patienté une année entière, rencontrant son bien-aimé à la sauvette et vivant ainsi dans le péché. Alors, elle s'était décidée à fuir. Dougal allait démissionner de sa banque et se trouverait une place à Londres ou ailleurs, pourvu que ce soit loin de Keith.

Toujours prompte à s'exalter lorsqu'il s'agissait d'amours malheureuses, Imogène jura sur la tête de son père, que Moira et Dougal pouvaient compter sur elle en tout et pour tout.

— Miss McCarthery, j'ai une totale confiance en vous. Il me semble que, pour la première fois de ma vie, j'ai enfin rencontré une amie, une vraie. Alors, je vous confie ce que je n'ai pas osé révéler à Doug... Je crois bien, qu'hier soir — en vérité, j'en suis sûre — j'ai aperçu la silhouette de Keith... rôdant autour du *Cygne Noir !*

— Seigneur ! Comment a réagi Mr Fettercairn ?

— Il ne l'a pas vu, lui... Je n'ai pas voulu attirer son attention. D'ailleurs il ne connaît pas Keith.

— A quoi ressemble votre époux ?

— Un grand, avec un nez courbe et une moustache noire. Son air patelin peut faire illusion. Il le doit à son métier qui l'oblige à être sans cesse aimable, à tenter de séduire, de convaincre.

— Qu'espère-t-il en vous poursuivant, si c'est bien lui que vous avez vu ?

— Me ramener à la maison.

Moira hésita, puis brûlant ses vaisseaux :

— Ecoutez, miss McCarthery... Avant de quitter Keith j'ai emporté mes bijoux. Il y en a pour vingt mille livres. Ces bijoux, mon mari ne connaît pas leur existence, car je les ai achetés peu à peu, en prévision de mon départ. Je les ai rangés dans une petite mallette dont Dougal ignore le contenu et dont je porte la clef sur moi. Il croit que ce sont des souvenirs de mon enfance et de mes parents. Miss McCarthery, la présence de Keith qui, sous son apparence benoîte, est un violent, me fait peur... Je voudrais vous demander un grand, un très grand service...

— Croyez bien que si je puis...

— J'aimerais vous confier cette valise.

— Vous voudriez que je garde ces joyaux chez moi ?

— Oui... Là, ils seraient à l'abri. Je vous les réclamerai lorsque ma situation sera éclaircie. Si, d'ici là, je mourais de mort naturelle, vous remettriez la valise à Doug. Si, au contraire, je disparaissais de façon violente, vous attendriez six mois pour la lui donner. Tenez, voici la clef.

Imogène accepta la clef et par là même, s'engageait. Moira lui sauta au cou.

— Vous ne pouvez savoir à quel point je suis soulagée maintenant, je n'ai plus peur de rien ni de personne !

— Quand m'apportez-vous cette valise ?

— Je vous enverrai Dougal cette nuit. Je lui dirai que je tiens à savoir mes bijoux en sûreté jusqu'à ce que nous puissions vivre ensemble aux yeux de tous sans encourir le moindre blâme.

— Pourquoi ne venez-vous pas vous-même ?

— Parce que, maintenant, après avoir vu Keith, je ne me risquerai plus dehors la nuit.

— Même avec Dougal ?

— Même avec Dougal. Je ne tiens pas à ce que l'un de ces deux hommes risque de devenir un meurtrier à cause de moi.

— Ils se connaissent ?

— Non.

Imogène but encore un whisky léger avant d'affirmer solennellement :

— Vous pouvez compter sur moi, Moira.

⁂

Archibald McClostaugh se promenait à bicyclette à travers Callander pour montrer aux turbulents habitants de la petite ville que la police de Sa Majesté veillait au grain. Le sergent était d'humeur aimable et avait oublié sa déception à l'annonce de la rupture des fiançailles d'Imogène, car Margaret Boolitt rencontrée lui avait appris l'imposture du major se faisant passer pour un Ecossais. Archibald souriait en pensant à l'humiliation de sa vieille ennemie. Il cessa de sourire lorsque Malcolm Pomeroy, le quincaillier — un des meilleurs pêcheurs du coin — l'arrêta :

— Sergent ! Ah ! je suis bien content de vous rencontrer ! J'allais vous chercher ! Il y a un cadavre au bord du Vennachar !

— Un cadavre ! Un noyé ?

— Je ne pense pas... Il a du sang plein la figure !

— J'y vais !

Se dressant sur ses pédales, McClostaugh effectua un démarrage dont la puissance fit siffler d'admiration les gosses qui assistaient à cet exploit sportif.

⁂

Archibald ne tarda pas à atteindre le loch Vennachar et il n'eut pas à pédaler longtemps pour découvrir le corps que ses agresseurs — par humanité — avaient transporté près de l'eau afin qu'il y fût découvert au plus tôt ou, qu'en se réveillant, leur victime pût se débarbouiller avant de réintégrer le *Cygne Noir*. Le policier sauta à bas de son vélo et se précipita vers ce qu'il tenait encore pour un cadavre. Il se pencha et poussa une exclamation en reconnaissant le major Cloheen. Très vite, il se rendit compte que l'homme n'était pas mort, mais qu'il avait tout simplement reçu une bonne râclée et il n'eut pas à se creuser la cervelle pour estimer qu'il fallait voir là, la vengeance d'Imogène McCarthery. Du coup, son inquiétude céda à l'allégresse quasi fébrile. Il allait pouvoir embarquer l'Ecossaise et ses complices afin de les déférer devant le juge.

Otant son casque, McClostaugh s'en fut le remplir d'eau qu'il jeta à la figure de Cloheen. Il fallut deux douches de cette sorte pour que le major renaisse à la vie. Soulevant ses paupières tuméfiées, il balbutia :

— Ils... ils sont par... partis ?

— Oui... malheureusement.

Cette remarque fit se soulever le blessé.

— Malheureusement ? Vous en avez de bonnes ! vous regrettez qu'ils ne m'aient pas tué, ce qui aurait sûrement eu lieu si la séance avait duré quelques minutes de plus !

— Vous avez reconnu vos agresseurs ?

— Et comment !

Transporté de joie, Archibald sortit un carnet, un crayon.

— Je vous écoute.

— Il s'agissait d'un complot, sergent. La petite Fettercairn, sous prétexte de faire une promenade en ma compagnie...

— Fettercairn ? Cette jeune femme qui séjourne au *Cygne Noir* avec son mari ?

— Oui... Elle m'a conduit dans une clairière où je me suis trouvé en face d'Imogène McCarthery.

McClostaugh poussa un rugissement de plaisir. Il la tenait cette damnée Imogène !

— Elle était avec Ted Boolitt, William McGrew et Fergus Intyre.

— Leur compte est bon !

Scrupuleux, Cloheen crut juste de spécifier :

— Les deux femmes ne m'ont pas frappé et je ne pense pas qu'elles aient assisté à la tentative de meurtre.

— Et pourquoi cette râclée ?

— Parce que je me suis fait passer pour un Ecossais alors que je suis né à Manchester.

— Pour quelles raisons une aussi scandaleuse usurpation de nationalité, major ?

— Dans le but d'être mieux accueilli ici.

— Bien, maintenant, vous allez me suivre jusqu'au poste de police pour y déposer une plainte en bonne et due forme que je transmettrai aussitôt à Perth.

— Non.

— Pardon ?

— Je ne porte pas plainte.

— Vous ne portez pas plainte après ce que l'on vous a fait.

— Non.

La perspective d'être privé de la vengeance promise, affolait le sergent.

— Pourquoi refusez-vous de porter plainte ?

— Pour des raisons personnelles.

— Et vous vous figurez qu'on peut déranger un sergent de la police de Sa Majesté pour rien ?

— Je regrette, mais ce n'est pas moi qui vous ai appelé, hein ?

— Ce n'est pas vous qui...

Empoignant brusquement Cloheen par les épaules, Archibald le secoua avec férocité tout en hurlant :

— Vous allez déposer plainte, oui ou non ?

— Non !

— Continuez comme ça et je vous casse la figure, imposteur !

— Laissez-moi tranquille, espèce de nazi !

McClostaugh approcha sa grosse tête poilue de celle de Roderick.

— Vous répéteriez ce que vous venez de dire, sir ?

— J'ai dit que vous vous conduisiez à mon égard comme un vulgaire nazi à l'égard d'un juif polonais !

— J'avais donc bien entendu... Je le regrette pour vous, sir.

S'écartant un peu, le sergent oubliant son état, prit un élan avec son épaule droite et appliqua sur le menton de Cloheen un direct qui le réexpédia incontinent au pays des songes.

***

Au soir de cette journée mémorable, Miss McCarthery, la nuit venue, s'en fut rôder autour du *Cygne Noir,* se disant qu'elle éviterait ainsi à Dougal Fettercairn une promenade inutile, mais voulant surtout savoir si Moira avait bien vu ou si elle avait été victime de son obsession. Cachée derrière un buisson, l'Ecossaise épiait l'ombre. Soudain, elle vit un homme s'avancer vers la grille entourant le parc de Jefferson McPuntish et regarder en direction du bungalow occupé par les amoureux. Imogène qui ignorait la peur, s'approcha de l'inconnu et demanda :

— Vous cherchez quelque chose, sir ?

L'interpellé sursauta et se retournant vers son interlocutrice :

— Non... rien de spécial... Je... Je me promenais... Bonne nuit, Miss.

Il s'éloigna à grandes enjambées et Imogène n'aperçut de lui qu'un long nez en bec d'aigle et une moustache noire. Elle hésita pour savoir si elle devait aller prévenir Moira. Elle y renonça car, pour ce faire, il lui faudrait mettre Dougal et McPuntish plus ou moins au courant. Elle ne s'en sentait pas le droit. Chacun a son secret qui ne regarde pas les autres. Elle ne craignait rien pour Dougal puisque, de l'aveu même de Moira, les deux hommes s'ignoraient. Imogène rentra chez elle.

Vers dix heures et demie, on sonna à la porte du jardin et Miss McCarthery alla ouvrir à Fettercairn.

— Miss, je ne comprends pas ce qui se passe, pas plus que les caprices de Moira. Elle a absolument voulu que je vous apporte immédiatement cette valise qui renferme des choses personnelles, paraît-il. Je ne vois pas pourquoi et pour quelles raisons il fallait que je vous la remette tout de suite. J'espère que vous ne me tiendrez pas rigueur de vous déranger en pleine nuit...

— Rassurez-vous, Dougal, je suis au courant et je vous attendais. Dites à Moira qu'elle n'a plus de souci à se faire. Bonsoir.

— Bonsoir, Miss et excusez-nous...

Imogène mit une bonne demi-heure pour trouver la cachette qu'elle estimait idéale, dans son grenier, au fond de la malle renfermant ses robes de fillette aux dentelles jaunies par le temps. Redescendant vers sa chambre, elle entendit de nouveau sonner. Elle hésita un instant, prise entre la curiosité et l'appréhension, mais Miss McCarthery n'eût pas été elle, si elle n'avait pas répondu à cet appel insolite.

Quelle ne fut pas sa stupéfaction de voir à nouveau Fettercairn à la porte du jardin, un Fettercairn au visage défait, des larmes sur les joues.

— Seigneur ! qu'est-il arrivé ?

— Moira... ma pauvre Moira...

Etouffé par les sanglots, il ne put continuer.

— Qu'a-t-elle ?

— Elle est morte.

— Morte !

— On l'a tuée pendant que je vous apportais la valise.

CHAPITRE II

Le sergent Archibald McClostaugh dormait. Son sommeil devait être traversé de cauchemars ou, du moins, de visions frénétiques, car un observateur qui eût pu l'épier dans sa chambre de célibataire, l'aurait vu se débattre et pousser des grognements vindicatifs. A la vérité, le sergent rêvait qu'il conduisait le major Cloheen devant le tribunal, à grands coups de pied dans les fesses, afin de le persuader de porter plainte pour coups et blessures contre Imogène McCarthery et ses séides. Il parvenait jusqu'à la chaire où présidait le juge, lorsque ce dernier se mit à taper rageusement sur son bureau avec son maillet. McClostaugh, désorienté, ne comprenait pas, le silence — dont il avait nettement conscience — étant total et profond dans la salle, ce qui donnait plus de volume encore aux coups assenés par le magistrat. Le fait s'avérait tellement insolite qu'il finit par arracher Archibald au sommeil.

Un peu perdu, le policier se mit sur son séant et

admit que si Cloheen ne se trouvait pas auprès de lui, le boucan était réel et dû à quelqu'un qui cognait sans retenue contre la porte du bureau de police. Croyant au feu, McClostaugh, en chemise de nuit (dont il avait gardé l'habitude depuis l'enfance) se précipita à la fenêtre en criant :

— Où est-ce ?

Question à laquelle une voix — dont le seul timbre lui vrillait les nerfs — répondit :

— Ce n'est pas le moment de faire le clown, Archie !

Le sergent s'enflammait comme de l'étoupe.

— Miss McCarthery, êtes-vous devenue complètement cinglée depuis que vous jouez les chefs de bande, pour oser venir réveiller un policier afin de l'insulter ?

— Archie, vous devriez quand même boire un peu moins...

Le policier rugit :

— Vous partez ou je descends ?

— Je vous attends !

— Tant mieux ! vous l'aurez voulu !

Enfilant ses vêtements à la hâte, McClostaugh se précipita dans l'escalier, puis vers la porte en souhaitant que sa vieille ennemie n'ait pas mis à profit ces quelques minutes pour s'enfuir. En ouvrant, il eut la joie de voir Imogène sur le seuil et l'empoigna par le bras pour la pousser jusque dans son bureau où il l'aplatit littéralement sur une chaise.

— Et maintenant, à nous deux, Miss qui empêche les gens de dormir !

Il prit place à son bureau, s'arma de son stylo, cueillit délicatement un imprimé :

— Nom, prénom et domicile ?

L'Ecossaise eut un délicieux petit rire de gorge.

— Ce que vous pouvez être gamin par moment, Archie...

— Bon ! vous ne voulez pas répondre ? J'inscris tout de même... Et maintenant, écoutez bien ce que je vous dis : je vous arrête pour constitution de ligue de malfaiteurs, pour guet-apens dressé dans le but de rouer de coups le malheureux major Cloheen sous prétexte qu'ayant appris l'infernale créature que vous étiez, il brisait vos ridicules fiançailles, pour tapage nocturne et insulte à un officier de police ! Qu'est-ce que vous pensez de ça ?

Apitoyée, Imogène murmura presque tendrement :

— Alors... toujours jaloux, Archie ?

— Je vous défends de ...

— Il n'y a qu'un amoureux qui puisse accumuler autant de sottises en si peu de mots.

— Je...

— Taisez-vous ! C'est à moi de parler maintenant ! Je n'ai pas touché Cloheen ! Ce n'est pas lui, mais moi qui ai rompu nos fiançailles parce qu'il m'avait trompée en me jurant qu'il était écossais alors qu'il a vu le jour à l'étranger !

— Parce que vous tenez l'Angleterre pour un pays étranger ?

— Parfaitement ! Et si vous étiez un vrai Ecossais, vous penseriez comme moi ! Il est vrai qu'on ne peut guère voir fleurir le moindre sentiment patriotique au cœur d'un bâtard de frontalier !

— Ça suffit !

— Non, ça ne suffit pas ! Quand je pense que vous osez qualifier de tapage nocturne le fait, pour une honnête citoyenne, de venir réveiller le représentant de la Loi afin de lui apprendre qu'un cadavre l'attend...

— Un cadavre ? Ne vous fichez pas de moi ! Je le

connais votre cadavre et il peut bien rester là où il est, ce n'est pas moi qui irai le déranger !

— Tiens, donc ! vous avez une curieuse conception de vos devoirs, Archie.

— Ne m'appelez pas Archie !

— A propos, vous ne pensez pas que vous pourriez faire entrer le pauvre garçon à qui vous avez fermé brutalement la porte au nez ?

— Qu'est-ce qu'il veut encore celui-là ?

— Vous parler aussi de ce cadavre.

— Vraiment ? et en quoi cela le regarde-t-il ?

— Il s'agit de sa compagne.

⁂

Jefferson McPuntish, arraché de son lit, croyait rêver lorsqu'il entendit le sergent l'accuser de dissimuler des cadavres dans son hôtel. On lui laissa à peine le temps d'enfiler son pantalon avant de le traîner au bungalow où reposait la pauvre Moira. La petite troupe composée des deux policiers, d'Imogène, de Fettercairn et du patron du *Cygne Noir* traversa le parc à la façon d'un ouragan. Tyler que ses rhumatismes travaillaient, voulut protester contre cette allure excessive.

— Chef, à quoi sert de filer à ce train-là ? De toute façon la victime ne s'en ira pas !

Sans interrompre sa course, Archibald mugit :

— Le devoir, Tyler ! vous savez ce que c'est ?

Dans la chambre, il n'y avait pas le moindre désordre. Moira reposait normalement. On eût dit qu'elle avait été tuée durant son sommeil. Le visage de la malheureuse n'était pas beau à voir et Miss McCarthery détourna les yeux tandis que McPuntish sommait le Ciel de s'expliquer et de lui dire ce qu'il lui avait fait pour lui jouer des tours pareils.

Se prenant la tête dans les mains, il gémissait :

— Juste à la veille de la saison ! Elle n'aurait pas pu se faire assassiner ailleurs celle-là !

McClostaugh répliqua sèchement :

— Si vous étiez un peu plus difficile sur le choix de votre clientèle, cela ne vous arriverait pas !

Miss McCarthery intervint :

— Vous êtes décidément une brute, Archibald McClostaugh !

— Vous...

Le constable prévint la querelle, en demandant :

— J'appelle le docteur Elscott, chef ?

— Ça devrait déjà être fait si vous aviez la moindre notion de la tâche qui vous incombe, Tyler, et pour laquelle vous êtes payé. Trop, d'ailleurs...

Sam partit téléphoner et le sergent s'en prit à Fettercairn.

— Votre femme ?

— Mon amie.

Archibald se tourna vers le propriétaire de l'hôtel.

— Ah ! bravo ! vous recevez des couples illégitimes maintenant ? et si je fermais votre gargote, hein ?

Il revint à Doug.

— Comment se nommait cette dame ?

— Moira Skateraw.

— Elle a un mari, je suppose ?

— Evidemment.

— Où habite ce malheureux gentleman ?

— A Aberdeen, 721 East London Street, mais il n'est pas là pour le moment.

— Bien sûr !

— Il se trouve à Liverpool, à l'hôtel Exchange dans Tithebarn Street.

— Il y a longtemps que vous connaissiez la victime ?

— Assez, oui.

— Pourquoi l'avez-vous tuée ?

— Quoi !

— Ne jouez pas les innocents ! ça ne prend pas avec moi ! Elle devait vouloir avertir son mari ou se faire épouser. Seulement, vous, si vous aviez été d'accord pour la rigolade, vous ne l'étiez plus pour le mariage, pas vrai ? Vous me semblez être un joli Monsieur, Mr Fettercairn !

— Ce que vous dites est tellement bête, tellement ignoble...

— Comment donc ! En tout cas, moi, je vous arrête sous l'inculpation de meurtre au premier degré. A moins que vous n'avouiez tout de suite avoir agi dans un moment de colère ?

— Vous me dégoûtez !

Sur ce, le docteur Elscott entra, salua à la ronde, posa sa trousse et s'approcha du lit tout en soupirant :

— Un jour, McClostaugh, c'est vous que j'autopsierai et il n'y aura pas à aller chercher loin : le coupable, ce sera moi ! Vous éprouvez un malin plaisir à m'empêcher de dormir, hein ?

— Ce n'est quand même pas de ma faute si les gens s'entretuent de préférence la nuit !

D'un ton lourd de suspicion, le docteur répondit :

— C'est ce que je me demande, justement.

Imogène déclara d'un ton impersonnel.

— Hier matin, sur les bords du loch Vennachar, j'ai entendu le major Cloheen déclarer qu'il étranglerait Moira de ses propres mains.

Le sergent hurla :

— Ça m'aurait étonné que vous ne compliquiez pas les choses ! d'abord, qu'en savez-vous ?

— J'étais là.

— Vraiment ? peut-être avec Ted Boolitt, Fergus McIntyre et William MrGrew ?

— Peut-être.

— Vous reconnaissez donc avoir agressé le major Cloheen ?

— Je ne reconnais rien du tout. Je vous ai dit ce que j'ai entendu et je suis prête à le répéter en jurant sur la Bible.

Sans répondre, McClostaugh se rua de nouveau dans le parc suivi des autres et, arrivé à l'hôtel, se précipita vers la chambre de Cloheen dont il réclama la clef à Jefferson. Le major dont le visage tuméfié ressemblait à une poire blette, dormait d'un sommeil lourd, lourdeur à laquelle le whisky ne devait pas être étranger si l'on en jugeait par l'odeur flottant dans la pièce. Sans le moindre ménagement, le sergent secoua le dormeur qui ouvrit des yeux effarés et qui, reconnaissant Archibald, se couvrit la figure de son bras replié en pleurnichant :

— Vous... vous n'allez pas... pas recommencer... J'ai... j'ai bien cru que... que vous m'aviez bri... brisé la mâchoire...

— Ça vous apprendra à respecter la loi et à déposer plainte quand vous devez le faire... Il est vrai que cela ne vous eût servi à rien, puisque l'on vous pendra sans doute.

Le major exécuta un véritable saut de carpe dans son lit en criant :

— Au secours ! il est fou ! il a voulu me tuer hier matin et voilà que maintenant il prétend me pendre ! au fou !

Imogène regarda le sergent.

— Tiens ! tiens !... Ce serait donc vous, Archie qui auriez frappé cet imbécile au bord du loch Vennachar ? Très grave pour la suite de votre carrière...

Il fallut que Tyler empoignât son supérieur à bras-le-corps pour l'empêcher de sauter sur Miss McCarthery qui, gentiment, lui conseilla :

— Modérez vos transports, Archie. Nous sommes en public...

Doug dut prêter main forte au constable pour retenir le sergent qui retrouva son calme et se contenta de promettre :

— Nous réglerons la facture d'un coup, Miss...

Puis, s'adressant au major, il ordonna brutalement :

— Levez-vous et habillez-vous ! Je vous emmène.

— Où ça ?

— En prison.

— De quel droit ?

— Du droit qu'a tout policier d'arrêter un criminel.

— Qu'est-ce que j'ai fait ?

— Pas grand'chose... simplement un petit meurtre de rien du tout...

— Hein ?

— Vous avez étranglé Moira Skateraw, ainsi que vous aviez juré de le faire, hier, devant témoins, près du loch Vennachar. Qu'avez-vous à répondre ?

— C'était une... une parole en l'air.

— Vraiment ? Vous étiez pourtant très fâché contre Mrs Skateraw ?

— Si c'est le nom de celle que j'entendais appeler Moira, c'est exact. Elle s'était conduite de façon abominable à mon égard, en m'entraînant dans un guet-apens sous prétexte d'une promenade.

— Voyez-vous ça... et ce guet-apens, vous l'avez trouvé agréable ?

— En voilà une idée ! Regardez ma figure, elle vous répondra pour moi !

— Dans ce cas, pourquoi ne pas porter plainte ?

— Je n'aime ni la police ni les policiers !

— C'est dommage, parce que la police vous aime tellement qu'elle va vous emmener et vous offrir une gentille cellule où vous méditerez sur cette recommandation de l'Evangile : « Tu ne tueras pas ton prochain. » Allez ! en route ! assez discuté ! Je vous emmène aussi, Mr Fettercairn, car votre rôle ne me paraît pas clair du tout.

Imogène se porta au secours de Dougal.

— Il n'est pas coupable ! Quand on a assassiné sa compagne, il était chez moi !

Archibald eut un ricanement des plus grossiers.

— Vous les aimez jeunes, à ce que je constate, Miss ?

Le sergent eut un réflexe sauveur qui lui fit baisser la tête. Le lourd cendrier qu'Imogène lui jetait de toutes ses forces au visage, éclata sur son casque. Un peu étourdi, il se secoua pour ordonner :

— Emmenez-la aussi, Tyler ! Agression contre un policier dans l'exercice de ses fonctions. Son compte est bon !

***

Le vieux sergent qui, en attendant sa retraite, servait de secrétaire particulier au superintendant Andrew Copland, responsable de la police criminelle dans le comté de Perth, entra dans le bureau de son chef.

— Un meurtre à Callander, chef !

— Qui ?

— Une certaine Moira Skateraw en pension à l'hôtel du *Cygne Noir*.

— Le meurtrier ?

— McClostaugh affirme l'avoir dans sa cellule.

— Avec McClostaugh, il faut toujours se méfier, Bert.

— Je sais, chef. Nous aurons bientôt son rapport.

— Alors, attendons jusque-là, mais envoyez l'équipe pour les empreintes et les photos.

— Bien sûr !

— Inutile d'expédier un médecin légiste là-bas, ils ont Elscott qui connaît parfaitement son boulot.

***

Arrivé au poste de police, Archibald confia à Tyler le soin de veiller sur la porte et rangeant ses trois prisonniers devant lui, le sergent leur exposa son point de vue :

— Celui d'entre vous qui a tué Moira Skateraw sera pendu. En se dénonçant tout de suite, il ferait gagner de l'argent à la Couronne, m'éviterait bien des paperasseries, en un mot, se conduirait comme un gentleman.

Miss McCarthery protesta gentiment :

— Je ne suis pas un gentleman, Archie.

— Non, vous êtes une sorcière ! D'ailleurs, votre cas est différent de ces deux individus... Je ne vous accuse pas encore du meurtre de Mrs Skateraw, quoique la visite nocturne de son amant pourrait me pousser à penser à un crime passionnel, hein ?

L'Ecossaise haussa les épaules et déclara, résignée.

— Mon pauvre Archie, il n'y a rien à espérer, vous serez toujours aussi bête — et se tournant vers ses compagnons — : N'ayez aucune crainte, je vous ferai libérer dès que j'aurai affaire à un vrai policier et non à un clown !

McClostaugh se lécha les lèvres comme le chat s'apprêtant à croquer une souris :

— Continuez, Miss, continuez... Vous m'aidez à remplir mon rapport ! Alors, gentlemen, aucun de vous ne se décide ? Non ? Tyler ! Bouclez-moi ces gens-là !

Le constable s'exécuta et revint près du sergent pour lui dire :

— Attention, chef..

— Attention ? Attention à quoi ?

— A l'arrestation arbitraire.

— Vous en avez de bonnes ! On tue une femme, je garde à la disposition de la Justice les deux suspects et vous estimez que...

— Mais Miss McCarthery ?

— Tyler, plus un mot à son sujet ! Je sais que vous êtes toujours prêt à prendre son parti, mais cette fois, elle a dépassé les bornes ! Elle m'a frappé avec je ne sais quoi et si je n'avais pas eu mon casque, hein ? Tyler, je vous citerai en qualité de témoin !

— D'accord, chef.

— Merci, Tyler.

— Seulement lors de mon témoignage je serai dans l'obligation d'expliquer au juge que vous aviez très gravement insulté Miss McCarthery en public et que sa réaction peut être envisagée comme un réflexe de défense ?

— Défense de quoi, N... de D... !

— De son honneur, chef.

McClostaugh regarda longuement son subordonné, puis :

— J'ai compris, Tyler. Du chantage, hein ? Si je défère l'Ecossaise devant le tribunal, vous me déconsidérerez avec l'appui de Jefferson McPuntish... Vous êtes un parfait salaud, Tyler ! Relâchez-la... Je vous aurai un jour, Tyler, mettez-vous bien ça dans la tête !

Libérée, Imogène tint à venir remercier le sergent.

— Je me doutais bien, Archie, que vous ne me garderiez pas longtemps... On n'enferme pas celle qu'on aime en secret, n'est-ce pas ?

Ressemblant à une betterave cuite au four, McClostaugh renversa son fauteuil en se levant et eût sans doute aplati la vieille demoiselle contre le mur, si Tyler ne s'était jeté entre eux deux pour donner le temps à Imogène de filer. Archibald ferma les yeux, respira plusieurs fois de suite à pleins poumons et déclara d'une voix rauque :

— Merci, Tyler. Vous venez de m'empêcher de commettre, à mon tour, un meurtre.

Il revenait d'un pas lourd à son bureau lorsque le téléphone sonna. Rageur, il décrocha et aboya :

— Qu'est-ce qu'il y a encore ? On ne va pas se décider à me... Oh !... pardon, Superintendant... j'ignorais... Je ne savais pas... Je ne me doutais pas... Evidemment, Sir... Je vous présente mes excuses... Oui, oui, je veillerai à être moins... moins impulsif... C'est ça... Un meurtre, oui... Indiscutable... Non, je n'ai pas encore les aveux du coupable, mais ça ne saurait tarder... Non, je n'ai pas commencé mon rapport... Que je vous le résume. Bon, c'est très simple, Sir... Je dormais et Miss Carthery... Pardon ? eh oui ! elle est encore mêlée à cette histoire... On espérait la marier, mais les fiançailles ont été rompues... Pour se venger, elle a organisé un guet-apens avec ses amis pour flanquer une râclée au major Cloheen... Pardon ? Non, ce n'est pas la victime... La victime est une jeune femme qui trompait son mari... Miss McCarthery est venue me réveiller pour m'apprendre sa mort... Non ! pas celle du major, celle de Mrs Skateraw... Alors, j'ai arrêté Mr Fettercairn... Qui est ce gentleman ? peut-être le meurtrier... et aussi le major... Comment ? non, ils ne se sont pas mis à deux pour étrangler cette malheureuse... Le major avait juré qu'il l'étranglerait tout seul ! Miss McCarthery affirme l'avoir entendu proférer ces menaces. Alors, Miss McCarthery a empoigné un énorme cendrier et me l'a flanqué sur la tête... Sans mon casque, j'avais le crâne fendu... Ç'aurait été dommage ? merci, Sir... Seulement, je ne peux rien faire parce que Samuel Tyler est complice... Tyler, mon constable... Non, pas complice du meurtre !... Allô ?... allô ?

McClostaugh tourna vers Tyler qui entrait, un visage incompréhensif.

— Il a raccroché.

— Qui cela ?

— Ça ne vous regarde pas ! Toujours à m'espionner, hein ?

***

Copland avait raccroché en poussant un juron.

— Décidément, ce pauvre McClostaugh est toujours aussi borné ! Quel galimatias ! Je ne sais plus s'il y a une ou plusieurs victimes, un ou plusieurs meurtriers. Il ne parle guère que d'Imogène McCarthery...

— Je m'en serais douté, chef.

— ... A l'entendre, j'ai l'impression qu'elle a tué ou fait tuer je ne sais qui et a manqué d'assassiner McClostaugh lui-même !

Le sergent Bert Johnson ne put se tenir de rire.

— McClostaugh est impayable !

— Vous ne savez pas le plus beau ! Il accuse le constable Tyler d'être complice, mais j'ignore de qui et pourquoi ! Bon, ne perdons pas davantage de temps. L'équipe est partie ?

— Elle est sur le point de le faire.

— Dites à ces garçons d'attendre un moment et envoyez-moi l'inspecteur Laggan.

— Il vient d'arriver, justement.

Quelques minutes plus tard, l'inspecteur Alister Laggan entrait chez Copland.

— Vous me demandez, Super ?

— Laggan, vous allez de nouveau avoir affaire avec Miss McCarthery.

Le policier sourit.

— Ce n'est pas pour me déplaire. Ce personnage hors série m'amuse et puis j'aime bien Callander. Qu'a-t-elle fait ?

— Rien de grave, mais elle est une fois de plus mêlée à une histoire de meurtre.

— Ça ne m'étonne pas.

— Alors, bouclez votre valise et filez à Callander avec l'équipe de techniciens.

***

Au soir de ce même jour, l'équipe technique étant repartie à Perth, Laggan téléphona à Copland pour le rassurer et lui apprendre que le problème posé par la mort de Moira Skateraw était plus simple que ne l'avaient laissé entendre les explications incohérentes du sergent McClostaugh. Après quoi, il s'en fut prendre une chambre au *Cygne Noir* et s'y endormit avec la conscience tranquille d'un policier écossais sachant que, quoi qu'il arrive et quel que soit le temps nécessaire, il parviendrait à son but.

***

Le lendemain matin, Alister refit connaissance avec Callander. Il se sentait rajeuni et se retrouva heureux, dans un autrefois qu'il n'avait pas oublié, lorsque ayant échangé quelques mots avec le révérend Haquarson, il apprit qu'Imogène McCarthery demeurait la même, qu'elle persistait à semer le trouble et à susciter le scandale dans un troupeau qui n'avait que trop tendance à écouter les mauvais bergers. Le pasteur raconta aux policiers les dernières foucades de l'Ecossaise rompant brusquement ses fiançailles sous des prétextes ridicules et dont la décence interdisait de parler. Le docteur Elscott reconnut fort bien Alister et se déclara heureux de lui serrer la main tout en regrettant de devoir le plaisir de sa visite à un meurtre. Il assura l'enquêteur que l'autopsie achevée, on pouvait affirmer que Moira Stakeraw était morte le plus naturellement du monde, comme une personne à qui on serrait le cou jusqu'à ce que mort s'ensuive. Quant à Imogène McCarthery au sujet de laquelle son visiteur l'interrogeait, il avoua qu'il la tenait pour la meilleure fille du monde dont les excentricités mettaient un peu de piment dans l'existence monotone de Callander et qu'elle n'était, en fin de compte, détestée que des pisse-froid et des rancis. Laggan eut le sentiment que le docteur se serait volontiers battu pour la cause de l'Ecossaise et il fut réconforté par cet accès de juvénilité.

En sortant de chez le médecin, l'inspecteur s'en alla se reposer un instant sur un banc du petit square public où il fut presque immédiatement abordé par les trois veuves dont la seule vue l'émerveillait. Il se les rappelait parfaitement, car pour lui, elles représentaient le chœur antique de Callander, les interprètes privilégiées de l'opinion du plus grand nombre. Minaudant, caquetant, sautillant, elles dessinèrent autour d'Alister une sorte d'arabesque qui fit penser ce dernier aux guirlandes que les hirondelles font et défont dans le ciel pendant les soirs de printemps. Mrs Plury, Mrs Sharpe et Mrs Frazer lui assurèrent qu'elles étaient infiniment heureuses de sa venue à Callander et qu'elles espéraient bien, grâce à lui, voir venger cette pauvre jeune femme morte de si vilaine façon. Prenant un air embêté, le policier avoua qu'il ne voyait pas trop de quelle manière commencer son enquête. Les trois commères échangèrent quelques propos à voix basse et Mrs Sharpe se décidant, tint à peu près ce langage :

— Monsieur l'Inspecteur, le Seigneur nous garde de nous mêler de ce qui n'est pas notre lot... (Alister admira cette naïve hypocrisie) mais vous nous êtes très sympathique. Souvent, nous parlons de vous, mes amies et moi. Il paraît que cette petite morte — dont je ne voudrais pour rien au monde, dire le moindre mal — était de mœurs assez légères.

— Vraiment ?

— Elle était l'amie de Miss McCarthery ! Or, vous n'ignorez pas que qui se ressemble s'assemble. De plus, on raconte que son mari et lorsque je dis son mari, je serais plus près de la vérité en l'appelant son compagnon, se trouvait chez Miss McCarthery pendant qu'on étranglait sa femme, enfin sa maîtresse puisqu'avec la police, il faut appeler les choses par leur nom, n'est-ce pas ? Et il était très tard ! vous me comprenez, Monsieur l'Inspecteur sans qu'il soit besoin d'insister.

Laggan feignit une mine désolée.

— Dois-je entendre qu'entre ce gentleman et Miss McCarthery ?...

Elles baissèrent pudiquement les paupières et répondirent par un triple soupir :

— Est-ce possible ! mais alors, Mesdames... ne pourrait-on penser à un crime... passionnel ?

Nouveau soupir en triple exemplaire.

— ... dont Miss McCarthery serait ou l'auteur ou l'inspiratrice ?

— Elle est capable de tout ! affirma Mrs Sharpe.

— Bien qu'elle ressemble à un épouvantail à moineau, elle a un truc à elle pour ensorceler les hommes et leur faire faire tout ce qu'il lui plaît ! s'exalta Mrs Plury.

— Une fille du diable qui n'est elle-même que dans l'intrigue et dans le reniement des préceptes sacrés ! gémit Mrs Frazer.

Laggan quitta ces dames, enchanté : non, décidément, rien n'avait changé dans Callander et le temps paraissait s'y être arrêté.

A l'heure prescrite par la loi, l'enquêteur poussa la porte du *Fier Highlander* où son entrée suspendit les conversations. Sans la moindre gêne, il fixa ceux qui le regardaient, leur sourit et leur lança :

— Hello ! comment ça va depuis la dernière fois ?

Ted Boolitt poussa un hurrah ! pour le nouveau venu et offrit une tournée générale.

— Alors, Inspecteur, vous êtes là pour attraper l'assassin de cette courageuse jeune femme ?

— Courageuse ? pourquoi courageuse ?

William McGrew fournit l'explication nécessaire.

— Si vous l'aviez vue le jour où nous avons célébré les fiançailles de Miss McCarthery ! elle faisait le coup de poing comme un homme, en digne Ecossaise !

— Parce que c'est à coups de poing que vous avez célébré les fiançailles de votre amie ?

Fergus McIntyre intervint :

— Coups de poing, coups de poing ! Il ne faut pas exagérer... Justes quelques horions, histoire de montrer que nous n'étions pas d'accord... Quelque chose d'anodin quoi !

— Vous osez mentir à un officier de police, Fergus, espèce de grande canaille !

Margaret Boolitt, en dépit du sort qu'elle savait

devoir lui être réservé par son mari pour s'être mêlée à un débat qui ne la concernait pas, était trop pleine de rancunes, d'amertumes et de soif de vengeance pour tenir compte de la plus élémentaire prudence. Elle s'approcha d'Alister, le visage tordu par la colère.

— Anodin ! le major avait le nez écrasé et le sang lui coulait sur le gilet et c'était vous le responsable, William ! quant à vous, Fergus, vous n'avez pas craint de frapper une femme ! et c'est vous Ted Boolitt qui avez tout déclenché en assommant le sergent McClostaugh !

Outré, Ted s'emporta :

— Il venait nous narguer à domicile !

Laggan jubilait intérieurement. Il retrouvait le climat exceptionnel de Callander dont il n'avait jamais perdu le souvenir. Tout y continuait à la façon d'une pièce de théâtre que le temps rodait, où les acteurs épousaient de plus en plus étroitement leurs personnages. McGrew se glissa dans le débat et remarqua avec calme :

— Je ne pense pas que ma femme se permettrait, Margaret, de se conduire comme vous le faites.

— Et pourquoi ? elle partage mes idées !

— Parce qu'elle aurait peur de la suite.

— Quelle suite ?

— Le moment où nous nous retrouverions en tête à tête.

Ted approuva, sinistre.

— Et elle aurait bien raison, William.

Cet échange de réflexions parut ouvrir de très sombres perspectives sous les yeux pleureurs de Margaret Boolitt. Sa verve brusquement tarie, son enthousiasme évaporé, elle regagna sa cuisine, le dos rond, déjà vaincue par la correction qu'elle s'apprêtait à recevoir, pour avoir osé attaquer son mari en public. L'inspecteur plaignit la pauvre femme, mais ne vit aucune raison de s'immiscer dans un débat qui ne le regardait en rien. Il préféra tenter une diversion dans l'espoir que Ted oublierait sa rancune.

— Si je vous ai bien compris, vous n'étiez pas d'accord sur le choix de Miss McCarthery ?

— Ce n'est pas que le major nous déplaisait particulièrement, mais nous estimons que Miss Imogène n'a pas le droit de se marier.

Fergus déclara :

— C'est déjà pas facile de trouver chaussure à son pied quand on est jeune, alors quand on ne l'est plus, ça devient quasiment impossible.

McGrew appuya :

— La preuve c'est que notre Imogène, elle a failli se faire posséder par un type qui se prétendait écossais et qui l'était autant que je suis gallois !

— Et vous l'avez puni pour cette imposture ?

Ted leva une main bénisseuse.

— Une simple petite leçon... pour l'honneur du vieux pays, n'est-ce pas ?

— Une petite leçon qui l'a mis assez sérieusement mal en point, non ?

— En tout cas, elle n'a pas été assez grave pour l'empêcher d'étrangler cette gentille Moira qui avait l'air si douce, si amoureuse, s'il faut croire ce qu'on chuchote.

— Il ne faut jamais écouter ce que l'on chuchote, Mr Boolitt. Gentleman, tout en n'approuvant pas vos prouesses, je suis content de voir qu'en dépit du whisky, votre forme physique demeure excellente. A bientôt.

***

Moira Stakeraw morte, Dougal Fettercairn et Roderick Cloheen enfermés au poste de police, Alister était le seul hôte de Jefferson McPuntish. Ayant terminé son repas, le policier convia le patron à boire un porto et bientôt, la crainte de l'avenir, l'isolement et l'alcool rendirent l'hôtelier loquace.

— Je me doutais bien, inspecteur, que ces deux-là n'étaient pas mariés, mais je ne pouvais quand même pas réclamer leur acte de mariage, pas vrai ? Ils avaient l'air si jeunes, si comme il faut. Il ne se quittaient pas ! A table, on sentait qu'ils avaient toutes les peines du monde à ne pas s'embrasser... Pourtant, elle, la pauvre gosse, on ne pouvait pas dire qu'elle était jolie, tandis que lui, un vrai « play-boy », mais l'amour est aveugle et il est juste que les moches aient leur chance comme les autres, n'est-ce pas ?

— Sans doute...

— C'est pourquoi je ne puis croire McClostaugh quand il prétend que c'est ce garçon l'assassin !

— D'après ce que j'ai cru comprendre, le sergent hésite entre Fettercairn et le major ?

— Tenez, celui-là aussi, il m'a bien eu ! Quand il est arrivé, un véritable gentleman. Il a fallu qu'il rencontre cette satanée jument écossaise pour abandonner toute dignité !

— Une jument écossaise ?

— Imogène McCarthery qui est le fléau de Callander ! D'ailleurs, ce n'est pas la peine que je vous parle d'elle, vous la connaissez. Le fait est que lorsque le major a eu la fichue idée d'épouser l'Imogène, on a été quelques-uns, dans le pays, a pousser un soupir de soulagement. On espérait bien que sitôt les noces célébrées, cet officier qui nous semblait avoir plus de cœur que de jugeote, emmènerait sa femme loin de chez nous et que nous pourrions retrouver le calme d'autrefois. Malheureusement, au contact de la McCarthery, Cloheen a oublié ses principes et s'est conduit comme un portefaix, n'hésitant pas à faire le coup de poing avec des piliers de bar et se soûlant d'une façon incroyable. C'est même parce qu'il était ivre qu'il nous a avoué n'être pas écossais...

— Ce dont il a été puni, je crois !

— Oh ! là ! là ! Si vous aviez vu dans quel état on me l'a ramené ! Il a fallu que le docteur Elscott lui mette des pansements plein la figure. Il était encore évanoui lorsqu'on l'a couché. Il paraît que le sergent McClostaugh a une droite terrible !

— Parce que le sergent aussi...

— C'est ce que racontait le major. Il disait aussi qu'il étranglerait Dalila.

— Dalila ?

— Dalila.

— Et ça veut dire quoi ?

— Je n'en sais rien.

— A votre avis, Mr Puntish, qui est le meurtrier ?

L'hôtelier parut hésiter.

— Naturellement, je n'ai aucune preuve, mais il paraîtrait qu'Imogène McCarthery n'a peut-être pas rompu ses fiançailles pour les raisons que l'on croît.

— Ah ?

Jefferson baissa la voix :

— Elle a dit elle-même — je l'ai entendu ! — que Fettercairn ne pouvait pas être coupable puisqu'à l'heure du crime, il se trouvait chez elle... En pleine nuit !

— Et alors ?

— Ce ne serait pas la première fois qu'une femme mûre s'éprendrait d'un garçon beaucoup plus jeune qu'elle...

— ... et supprime une rivale ?

— C'est mon sentiment... Entre nous, bien sûr.

— Bien sûr... Merci Mr McPuntish de m'avoir parlé franchement, mais à mon tour laissez-moi vous confier, entre nous, que vous seriez très avisé de ne pas répéter votre opinion à d'autres... Cela pourrait vous coûter très cher au cas où Miss McCarthery serait innocente.

⁂

Ayant pris le vent, recueilli l'avis de certains sur le crime qu'il était chargé d'élucider, Alister Laggan se décida à se rendre au bureau de police pour connaître la version officielle des faits. McClostaugh l'accueillit avec une certaine froideur, s'étonnant qu'on ait cru bon de déranger un policier de la valeur de son visiteur pour une affaire qui était quasiment résolue. L'inspecteur prit la chose du bon côté.

— Le superintendant m'a envoyé à Callander, car il n'a pas très bien compris votre rapport, par téléphone. Je suis au courant des événements. Maintenant, j'aimerais savoir d'abord où en est l'enquête, ensuite connaître votre point de vue.

Le sergent se rengorgea conscient de l'importance que la police de Perth semblait lui accorder.

— L'enquête, inspecteur, est pratiquement close.

— Bravo !

— Une épouse adultère s'enfuit avec son amant. Pour une raison que nous ignorons, elle décide de le quitter, sans doute pour retourner auprès de son époux et l'amant jaloux préfère l'étrangler plutôt que de la voir revenir vers celui qu'elle avait quitté pour le suivre. La victime est Moira Skateraw dont le mari est un important imprimeur d'Aberdeen, le meurtrier

Dougal Fettercairn, employé de banque à Edinburgh.

— Il a avoué ?

— Pas encore.

— Ah ? Dites-moi, McClostaugh, il semblerait qu'un certain major Cloheen jouerait aussi un rôle dans cette histoire ?

— C'est-à-dire que Moira Skateraw l'ayant attiré dans un piège, il avait publiquement promis à la jeune femme de l'étrangler de ses propres mains s'il survivait à l'attentat dont il était victime.

— Un attentat ?

Archibald expliqua ce qui s'était passé au loch-Vennachar et les raisons de la râclée subie par Clohenn. Il ajouta :

— Voyez-vous, inspecteur, à la base de toute cette histoire, on trouve naturellement Miss McCarthery qui a su persuader ses amis de la venger.

— De la venger ?

— Le major avait rompu leurs fiançailles.

— Pour quel motif ?

McClostaugh ricana.

— Quand on connaît Imogène McCarthery, les motifs ne manquent pas.

— Je vois... Sergent, si vous êtes convaincu de l'innocence de Cloheen, pour quelles raisons le retenez-vous ?

— Parce qu'il ne me plaît pas.

— Ah ?

— Quand je l'ai secouru sur les bords du loch-Vennachar...

— Secouru ? on m'a rapporté qu'il déclarait avoir été frappé par vous ?

Le sergent s'emporta :

— Il refusait de porter plainte contre ses agresseurs !

— Et vous avez tenté de le persuader à coups de poing !... Vous me paraissez avoir une bien curieuse conception de vos attributions, McClostaugh. Et le constable Tyler ? Vous avez déclaré au Super qu'il trahissait ?

— Effectivement !

— Qu'est-ce qu'il trahit ?

— Son uniforme ! Il prend toujours la défense des ennemis de la société ! Il se dresse sans cesse contre mon autorité ! Il est aux ordres de Miss McCarthery plus qu'à ceux de Sa Majesté !

— Etes-vous certain de ne pas exagérer ?

— Exagérer ? Miss McCarthery m'a brisé un cendrier sur la tête, en public, sous les yeux de Tyler et si je n'avais porté mon casque, je serais à l'hôpital en ce moment et peut-être même à la morgue ! Eh bien ! Tyler m'a obligé à la relâcher !

— Obligé ?

— En déclarant que devant le tribunal, il témoignerait contre moi !

— Ça par exemple ! Un flagrant délit ! Qu'aurait-il pu invoquer ?

— Que j'avais insulté Miss McCarthery et que mes propos justifiaient sa réaction.

— Vous l'aviez réellement insultée ?

— Pas du tout ! J'avais simplement insinué qu'elle avait attiré dans ses filets Fettercairn — qui se trouvait chez elle, à ce qu'elle dit, quand le crime a été commis — parce qu'à son âge, certaines femmes aiment les hommes jeunes.

Laggan regarda longuement son vis-à-vis puis :

— Je ne sais si vous êtes un imbécile, sergent, ou si vous feigniez de l'être. S'il en est ainsi, laissez-moi vous féliciter : on s'y tromperait. A présent, allez me chercher le major Cloheen que je lui présente des excuses avant de le relâcher.

— A vos ordres.

— Un conseil, McClostaugh : vous devriez écouter plus souvent Tyler, il vous éviterait peut-être d'accumuler les âneries.

Archibald sortit la rage au cœur. En son absence, Alister estima que les choses seraient moins simples qu'elles ne le paraissaient tout d'abord et cela parce qu'on se trouvait à Callander où tous les témoignages s'avéraient faussés — de la meilleure foi du monde — selon qu'on était pour ou contre Imogène McCarthery. Le policier se délectait en pensant à la visite qu'il lui rendrait en quittant les locaux de la police. Il s'en promettait un plaisir quelque peu pervers.

Poussé par McClostaugh, le major pénétra dans la pièce. En dépit de son visage tuméfié, Laggan eut l'impression d'avoir déjà rencontré Cloheen, sans pouvoir préciser où et en quelles circonstances.

— Veuillez vous asseoir, major et pardonnez à un zèle trop empressé votre incarcération injuste.

— Monsieur... ?

— Inspecteur Laggan.

— Eh bien, Inspecteur, n'en parlons plus. Tout ce que je souhaite, c'est quitter Callander au plus vite. J'ai le sentiment que la moitié de la population est composée de fous sanguinaires !

— Je suis au courant de vos démêlés avec Imogène McCarthery et ses amis, ainsi que du traitement qu'ils vous ont fait subir. Ils ne le nient pas d'ailleurs et vous pouvez toucher une jolie indemnité. Pourquoi refusez-vous de porter plainte ?

— Pour des raisons personnelles... J'espère que vous n'allez pas me taper dessus, comme votre brute de sergent ?

— Assurément pas, mais j'aimerais connaître vos raisons ?

— Je vous ai dit qu'elles étaient personnelles.

Tout en parlant, Alister se creusait la tête pour tenter de se souvenir où il avait rencontré Cloheen.

— Nous sommes-nous déjà vus, major ?

— Je ne le pense pas.

— Curieux... J'ai la certitude du contraire... Qu'est-ce qui vous a poussé à vous faire passer pour écossais ?

— Enfantillage...

— C'est étrange que portant un nom aussi parfaitement écossais, vous soyez anglais ?

— Peut-être des ancêtres...

— Vous avez servi avec le capitaine McCarthery ?

— Pas du tout. J'ai raconté ça pour plaire à Miss McCarthery.

Alister était de plus en plus intrigué.

— Vous avez inventé votre nationalité écossaise, vos souvenirs militaires... par hasard, vous n'auriez pas aussi inventé votre grade ?

— Quelle idée !

Le policier tendit la main vers le téléphone.

— Vous permettez ? Je vais quand même réclamer des renseignements au Ministère de la Défense.

— Non !... Ce... enfin, ce serait inutile... Je ne suis pas un ancien officier...

— Tiens donc ? Et pendant qu'on y est... votre nom, inventé aussi ?

Piteux, le pseudo-major en convint.

— Serait-ce indiscret de vous prier de me donner votre véritable état-civil ?

— Henry Thaxted.

— Henry Thaxted, cela me dit quelque chose...

Henry Thax... J'y suis ! l'escroc au mariage ! Combien de fois vous êtes-vous fiancé, Mr Thaxted ?

— Six fois.

— Et combien de fois avez-vous abandonné vos fiancées en emportant leurs économies ?

— Six fois.

— En somme, Miss McCarthery l'a échappé belle, non ?

— Non, inspecteur, c'est moi ! Et je préfère finir mes jours à Dartmoor que de vivre auprès de ce dragon femelle !

— McClostaugh !

Lorsque le sergent se montra, Laggan ordonna :

— Remettez le major en cellule en attendant qu'on vienne le chercher.

— Il a avoué ?

— Il a avoué, en effet, mais pas le meurtre de Moira Skateraw. Le... major et moi, nous connaissons depuis fort longtemps et comme je craindrais qu'il lui arrive de nouveaux ennuis dans l'existence, on va l'envoyer vivre de longues, de très longues années en prison. Prenez bien soin de lui, sergent, car c'est une personnalité : le roi des escrocs au mariage. Une fois le major réinstallé vous m'amènerez Fettercairn.

Quand il fut seul, l'inspecteur téléphona au Super pour lui demander si les hommes de l'équipe technique avaient relevé des empreintes. On lui répondit que non, la victime ayant été étranglée par un homme ou une femme qui portait des gants. Laggan annonça la capture de Henry Thaxted et demanda qu'on lui envoie deux policiers afin de l'en débarrasser au plus tôt. Copland le félicita et lui souhaita autant de chances pour la découverte du tueur de l'hôtel du *Cygne Noir*.

Du premier moment, Fettercairn fit une excellente

impression au policier, qui avait, cependant, trop de métier pour se laisser prendre aux apparences.

— Asseyez-vous, Mr Fettercairn... Je ne vous cache pas qu'après tout ce qui m'a été rapporté, vous vous trouvez dans une fâcheuse situation.

— Je sais, et pourtant, je n'ai pas tué Moira que j'aimais et qui m'aimait.

— Je ne vous surprendrai certainement pas, Mr Fettercairn, en vous disant que ce genre de réponse ne saurait être retenue comme preuve.

— Je m'en doute.

— Racontez-moi donc votre histoire.

— Elle est simple, inspecteur. J'ai rencontré Moira par hasard. Je lui ai adressé la parole parce qu'elle pleurait... et puis les événements se sont enchaînés... Nous nous sommes aimés... Je sais qu'elle n'était pas jolie, mais elle possédait — si vous me permettez ces banalités trop souvent utilisées — une beauté intérieure qui.. enfin que son mari n'avait pas su découvrir.

— Qu'espériez-vous ?

— Moira et moi souhaitions faire notre vie ensemble.

— Il paraît que Mr Skateraw refusait le divorce ?

— Moira pensait pouvoir lui acheter son consentement.

— Vous saviez qu'elle était riche ?

— Elle ne me l'a avoué qu'ici.

Il y eut un silence pendant lequel Laggan parut méditer sur les réponses données à ses questions, puis il remarqua :

— Vous m'êtes sympathique, Mr Fettercairn, et je désirerais vous aider, à condition que vous soyez innocent, bien sûr, mais je ne vois pas comment. Où dénicher un autre suspect ?

Dougal haussa les épaules, paraissant déjà résigné.

— Si j'avais une idée...

— Qui était au courant de votre fugue à Callander ?

— Personne.

— Ça n'arrange pas vos affaires.

— Croyez bien que je suis le premier à m'en rendre compte.

— Voyez-vous, Mr Fettercairn, je vous aurais déjà dit de vous préparer à me suivre à Perth si Miss McCarthery n'assurait que vous étiez chez elle à l'heure où, d'après le docteur Elscott, le crime était commis. Il est vrai que cela joue sur un temps très court et le médecin ne saurait prétendre à une exactitude indiscutable sur ce point. Je connais assez Miss McCarthery pour être convaincu qu'elle n'irait jamais sciemment contre la loi ou qu'elle protégerait un meurtrier. Donc, je tiens pour exacte votre visite. Quel en était le but et pourquoi à cette heure tardive ? Je m'empresse de vous assurer que je ne tiens aucun compte des opinions imbéciles quant à une intrigue entre vous et une personne qui pourrait être votre mère.

Fettercairn ne put s'empêcher de sourire.

— C'est aimable à vous.

— Il ne s'agit pas d'amabilité, mais de bons sens.

— Malheureusement, parce que je me suis engagé auprès de Moira, je ne puis vous révéler l'objet de ma visite. Quant à l'heure, c'est Moira qui m'a envoyé là-bas en dépit de mes protestations.

— Silence fâcheux.

— En tout cas, je vous donne ma parole que cela n'avait absolument rien à voir avec la mort de ma pauvre Moira.

— En êtes-vous sûr ?

— Pardon ?

— N'aurait-elle pas désiré vous écarter pour recevoir quelqu'un et ce quelqu'un ne pourrait-il pas être le meurtrier ?

— Non. Moira me l'aurait dit.

— Je vous félicite de n'avoir pas attrapé la perche que je vous tendais. Si vous l'aviez fait, mes soupçons eussent été renforcés à votre endroit.

Alister se leva.

— Mr Fettercairn, je ne vous cache pas que pour le moment, je nage complètement. Je vais aller bavarder avec Miss McCarthery. Selon ce qu'elle voudra me confier, nous partirons ensemble pour Perth dès ce soir, vous et moi, sinon je vous demanderai de prendre votre mal en patience et de demeurer ici jusqu'à ce que j'y voie plus clair.

***

Imogène ne dissimula pas son plaisir en revoyant Alister Laggan qu'elle avait connu au cours d'une enquête où elle avait failli perdre la face [1].

— Inspecteur, quelle joie de vous retrouver ! Je suis persuadée que vous éluciderez très vite le mystère de la mort de cette pauvre enfant !

— Je souhaiterais posséder votre certitude, Miss.

— Ne faites pas le modeste et asseyez-vous... Un whisky ?

— Je ne dis pas non.

Pendant que son hôtesse servait la boisson nationale, le policier lui confiait :

— Je suis au courant de la... punition que vous avez infligée au major Cloheen...

1. *Cf* : « Imogène, vous êtes impossible ! »

— Il m'avait trompée en se prétendant écossais !

— En tant que représentant de la loi, j'estimerais qu'un pareil délit ne méritait pas un châtiment aussi sévère et je poursuivrais vos amis si, dans la personne de Cloheen, je n'avais reconnu un escroc au mariage, Henry Thaxted, recherché par toutes les polices du Royaume-Uni. Vous avez vengé pas mal de pauvres femmes dupées par cette fripouille, Miss, en corrigeant la canaille.

Le regard noir, la mâchoire durcie, Imogène s'enquit :

— Où est-il ?

— Enfermé, en attendant de partir pour la prison de Perth.

— Permettez-moi un conseil, inspecteur : surveillez-le bien parce que si d'aventure, je le rencontrais... il se passerait des choses terribles !

— Je n'en doute pas et je prendrai mes précautions. Maintenant, venons-en à l'affaire qui me préoccupe. Vous n'ignorez pas que Fettercairn est retenu en qualité de suspect N° 1 ?

— C'est idiot !

— C'est peut-être idiot, mais c'est logique, non ?

— Vous autres, policiers, vous n'avez que ce mot-là à la bouche : logique ! Et vous estimez logique qu'un homme tue celle qu'il aime ?

— S'il juge avoir des motifs assez puissants pour le faire, oui.

— Mais enfin, quels motifs aurait eus Dougal ?

— C'est justement ce que je cherche, Miss et vous m'aideriez beaucoup si vous me révéliez le but de la visite que vous rendit Fettercairn à l'heure du crime ?

Imogène hésita. Devait-elle parler pour sauver Dougal et trahir la promesse faite à la morte ? Son goût naturel pour l'héroïsme la porta à refuser la trahison.

— Pardonnez-moi inspecteur, mais c'est là un secret entre la victime et moi.

— Dommage pour le garçon.

— La vérité se fera jour sans que j'aie à renier mon serment !

— Espérons-le.

— Voyons, inspecteur, vous savez qui je suis et que je me sens toujours disposée à aider la police.

— Je le crois.

— Je vous jure sur la tête du capitaine McCarthery mon père, que Dougal Fettercairn était chez moi à l'heure où l'on étranglait sa compagne.

— Miss McCarthery, je ne mets pas votre parole en doute, soyez-en persuadée.

— Merci.

— Seulement, le docteur Elscott — pas plus que tout autre médecin légiste — est incapable de fixer l'heure exacte de la mort à quelques minutes près. Or, il semble bien que tout ce soit joué avec des différences de temps de l'ordre de ces quelques minutes. Donc, rien ne s'oppose à l'hypothèse de Fettercairn étranglant Mrs Skateraw, soit avant de venir chez vous, soit après en être revenu.

— Mais pourquoi ? pourquoi ?

— Je vous répète que si je le savais, il n'y aurait plus de problème et tant que je demeurerai dans l'ignorance, mon devoir est de considérer Fettercairn comme le seul possible.

Il y eut un long silence. L'inspecteur était intrigué par l'air supérieur qu'affectait la vieille fille. Il la devinait sûre d'elle-même, mais pourquoi ? Imogène remplit de nouveau les verres. Au moment où elle portait le liquide à ses lèvres, elle suspendit son geste pour déclarer :

— Dougal Fettercairn et Moira Skateraw s'aimaient

passionnément, je le sais parce que je les ai vus s'abandonner à leur amour sans qu'ils m'aperçoivent et par les confidences de Moira. Cette petite était malheureuse comme toutes les mal mariées. Dougal lui apportait l'espoir d'une existence recommencée. Pour quelles raisons l'aurait-il tuée ?

— Parce qu'elle était riche ?

— Il l'aurait été aussi en l'épousant. Inspecteur, j'ai la certitude que vous vous trompez complètement en soupçonnant Dougal.

— Votre certitude ne repose que sur des impressions.

— Pas seulement, inspecteur.

— Et sur quoi d'autres, alors ?

Avant de répondre Miss McCarthery vida son verre, le reposa et dit, dans un sourire triomphant :

— Sur le fait que je connais le meurtrier.

CHAPITRE III

Laggan regarda longuement Imogène avant de lui demander :

— Vous seriez-vous également engagée envers la victime à ne pas révéler le nom de son meurtrier ?

— Non, bien sûr.

— Alors, qui est-ce ?

— Keith Skateraw.

— Le mari ?

— Le mari.

Le policier ajouta :

— Une affirmation grave et lourde de conséquences, Miss...

— C'est à vous et à vous seul que j'en parle, inspecteur... Je n'ai pas vu Keith Skateraw tuer sa femme, mais je prétends qu'il avait toutes les raisons de le faire. Je ne pense pas que le crime ait été prémédité quant à son exécution... En vérité, si Mr Fettercairn n'était pas venu chez moi, peut-être Moira serait-elle encore en vie ?

— En somme, vous ne souhaitez que m'empêcher de m'égarer sur une fausse piste ?

— Exactement.

— Je vous en remercie, Miss McCarthery, mais vous ne m'avez pas encore confié les raisons de cette accusation ?

Imogène remplit à nouveau les verres et leva le sien en déclarant :

— Je bois à l'innocence de Dougal Fettercairn.

— Je bois à la découverte de la vérité !

— Inspecteur, Moira à qui me liait une sympathie spontanée, était jeune encore et ressemblait un peu à un chien perdu, je veux dire qu'elle avait peut-être pris une décision trop lourde... et ressentait une certaine inquiétude de ce qu'elle avait résolu.

— Quitter son mari ?

— Oui... Pour si malheureuse qu'elle fût en ménage, pour si normale qu'ait été sa résolution, elle éprouvait le besoin de s'en expliquer avec quelqu'un, de se justifier à ses propres yeux. Celui ou celle l'écoutant ne devant servir que de témoin, d'auditeur.

— Et c'est vous qu'elle a choisie à cause de cette sympathie ?...

— Et aussi, j'imagine à cause de mon âge. En bref, elle m'a expliqué que son époux lui avait été imposé par ses parents et que cet homme ne l'avait pris pour femme que dans l'espoir de s'approprier sa fortune... Lorsqu'elle rencontra Dougal Fettercairn, elle demanda à Skateraw de lui rendre sa liberté. Il s'y refusa. Ne pouvant plus le supporter et parce qu'elle en avait peur, elle s'est sauvée. Elle se croyait à l'abri de toute poursuite à Callander. Pourtant, le mari a retrouvé la trace des fugitifs.

— Comment êtes-vous au courant ?

— Moira l'avait aperçu et elle m'a dit son effroi.

— Elle l'avait aperçu, ici, à Callander ?

— Oui, et rôdant autour de l'hôtel de Jefferson McPuntish. La peur de Moira se mua en une véritable angoisse et c'est sans doute alors qu'elle décida de se confier à moi.

— Etes-vous certaine qu'elle n'a pas été le jouet d'une illusion ? A force de penser à son mari, elle a peut-être cru le voir ?

— Elle l'a réellement vu, inspecteur.

— Qu'est-ce qui vous permet de l'affirmer, Miss ?

— Je l'ai vu, moi aussi.

Imogène raconta sa rencontre nocturne avec Skateraw.

Laggan convint que l'affaire commençait à s'éclaircir.

— Et Mr Fettercairn, quelle a été sa réaction ?

— Aucune, car lui n'a pas aperçu son rival et Moira — tout comme moi — ne l'en avons pas averti.

— Pour quelles raisons ?

— Eviter ce qui s'est malheureusement produit.

Ce soir là, Imogène — à qui, avant de prendre congé, l'inspecteur avait déclaré qu'il allait sans doute et grâce à elle, résoudre beaucoup plus vite que prévu l'énigme posée par le meurtre de Moira — s'endormit et rêva qu'elle succédait à Bonnie Prince. Charlie à la tête des troupes écossaises et que par sa fougue, son talent militaire, elle transformait le désastre de Culloden en une victoire totale sur les Anglais dont les généraux qu'elle poursuivait, ressemblaient curieusement à Archibald McClostaugh, au révérend Haquarson et à Jefferson McPuntish.

Avant de quitter Callander, Alister Laggan eut une assez longue entrevue avec Dougal Fettercairn.

— Supposez-vous, Mr Fettercairn que le mari de

la victime était au courant de vos relations avec sa femme ?

— Je ne le crois pas... Je ne me rendais à Aberdeen que lorsque Moira me téléphonait que je pouvais venir. Nous nous rencontrions, d'autre part, à Edinburgh où elle allait assez fréquemment pour ses achats. En tout cas, Moira ne m'a jamais parlé de quoi que ce soit. Si son mari avait manifesté des soupçons, elle m'eût sûrement mis au courant.

— A quoi ressemble ce gentleman ?

— Je l'ignore.

— Votre amie ne vous a pas paru plus fébrile au cours des dernières heures ?

— Si... mais elle n'a pas voulu me confier pourquoi. Elle m'assurait que c'était parce que le terme de notre rencontre approchait.

— Vous l'avez crue ?

— Non.

— Et vous n'avez pas cherché à savoir la raison de son attitude ?

— Ma foi, non. Moira devenait de plus en plus nerveuse, irritable et je me pliais à tous ses caprices, d'abord parce que je l'aimais assez pour tout supporter, ensuite parce que je craignais, par un refus, de déclencher une crise.

— Si j'ai bien compris, vous habitez Edinburgh ?

— Oui, dans Grove Street, au 257.

— Vous vivez seul ?

— Je n'ai plus de parents depuis longtemps déjà.

— Vous ne voulez toujours pas me dire ce que vous êtes allé faire chez Miss McCarthery, la nuit où l'on assassinait Moira ?

— J'ai donné ma parole à une morte... A mes yeux, c'est une promesse sacrée... Je vous demande pardon, mais je ne puis me conduire autrement.

— A votre guise, mais en agissant de la sorte, vous privez peut-être l'enquête d'un élément déterminant.

— Sûrement pas, Inspecteur.

— Soit... Vous comprendrez, Mr Fettercairn, que je sois obligé de vous demander de ne pas quitter Callander jusqu'à mon retour ?

— Bien sûr.

— Où allez-vous loger ?

— Au *Cygne Noir*, si Mr McPuntish veut encore accepter de me recevoir.

— Tout à l'heure, un policier vous accompagnera à l'hôtel et persuadera, j'en suis sûr, Mr McPuntish de vous accueillir à nouveau. Au revoir, Mr Fettercairn. J'espère que lorsque nous nous reverrons, je pourrai vous autoriser à regagner Edinburgh. McClostaugh ?

Le sergent se montra, toujours renfrogné. Le comportement de l'inspecteur ne lui plaisait pas. Il le jugeait trop mou.

— McClostaugh, vous allez relâcher Mr Fettercairn.

— Pour qu'il tue quelqu'un d'autre ?

— Sergent, je vous serais obligé de vous taire et d'essayer, dans la mesure de vos moyens, de ne pas proférer d'inepties. Vu ?

— J'obéirai aux ordres, inspecteur, tout en dégageant ma responsabilité.

— Parfait. Mr Fettercairn sera en liberté surveillée et ne pourra pas quitter Callander. Il logera au *Cygne Noir* et vous convaincrez McPuntish de le recevoir.

— Là, vous pouvez compter sur moi ! Allez, oust ! vous suivez-moi ! Tyler, je me rends au *Cygne Noir* avec ce gentleman qui juge notre hospitalité un peu mesquine. Rendez-lui ses affaires.

Pendant que le constable redonnait à Dougal tout ce dont il l'avait débarrassé avant de l'enfermer, Laggan conseillait au sergent :

— N'oubliez pas que Mr Fettercairn n'est qu'un suspect pour l'instant, McClostaugh, alors un peu de tact, hé ?

Piqué, Archibald répliqua sèchement :

— Partout où je suis passé, on s'est toujours plu à rendre hommage à mon tact qui — paraît-il — n'est pas commun dans la police.

Puis, se tournant vers Fettercairn, il s'inclina :

— Sir, si vous voulez vous donner la peine de me suivre ? Nous nous rendrons de compagnie chez cet abruti de Jefferson. Je vous conseille de régler votre pas sur le mien si vous ne tenez pas à ce que je vous colle les menottes.

— Je marcherai à votre allure, sergent, comme si nous étions dans un cortège.

— Ce sera une répétition pour le jour où un autre cortège vous mènera à la potence.

Avant de sortir, McClostaugh adressa un clin d'œil à Laggan pour lui signifier que sur le chapitre du tact, personne ne pouvait lui en remontrer.

⁂

En voyant entrer Dougal, McPuntish prit un visage sévère.

— Vous désirez ?

— Eh bien... Mr McPuntish... Je suis obligé de rester à Callander et je viens vous demander l'hospitalité.

— Je regrette. Mr Fettercairn, mais vous devez comprendre qu'après ce qu'il s'est passé ici, je ne tiens pas du tout à vous avoir de nouveau pour client.

Archibald qui n'était pas entré avec celui qu'il considérait un peu comme son prisonnier, se montra.

— Alors, McPuntish, on se fiche de la loi ?

— Pardon ?

— Ignoreriez-vous, McPuntish, que dirigeant un établissement public, vous n'avez pas le droit de refuser de recevoir un client, puisque votre hôtel n'est pas plein et que Mr Fettercairn se présente de façon correcte ?

Jefferson s'emporta :

— Je ne suis donc plus maître chez moi ?

— Dans votre appartement privé, si, partout ailleurs, non. Veuillez inscrire Mr Fettercairn, sinon je vous colle un procès-verbal !

— Je n'aurais jamais cru, McClostaugh, que vous passiez de l'autre côté de la barrière !

— Mesurez vos paroles et tournez sept fois votre langue dans la bouche avant de proférer des sottises, McPuntish ! Je ne suis pas d'humeur à me laisser insulter par un marchand de soupe !

L'hôtelier quitta sa retraite derrière le bureau de la réception et vint se planter devant le policier et son nez touchant presque son interlocuteur, il articula lentement :

— Marchand de soupe, hein ?

— Marchand de soupe, parfaitement !

— A votre tour de faire attention, espèce de flic aux pieds plats !

— Attention à quoi, Mr McPuntish ?

— A ne pas dépasser la mesure, sergent McClostaugh !

— Sinon, Mr McPuntish ?

— Sinon, je débarrasse le pays de votre odieuse présence, Mr McClostaugh !

— Et comment vous y prendrez-vous, Mr McPuntish ?

— De cette façon, sergent McClostaugh !

L'hôtelier fit un saut jusqu'à une porte conduisant à la cuisine, disparut, et revint presque aussitôt en brandissant un couperet d'une taille impressionnante. A la vue de cette arme hors du commun, le policier recula d'un pas tandis que Jefferson, l'air résolu, avançait en criant :

— J'en ai assez d'être martyrisé par une espèce d'anthropopithèque ! un gorille affublé d'un uniforme ! il faut que ça finisse !

Les choses risquaient de très mal tourner lorsque Fettercairn déclara :

— Il est excellent votre whisky, Mr McPuntish.

L'hôtelier se tourna vers Dougal et le vit en train de déguster un verre d'alcool dont il tenait la bouteille à la main. En bon Ecossais, Jefferson oublia sa colère quasi meurtrière pour ne penser qu'à ses intérêts. Il se précipita vers Dougal et lui arracha le flacon des mains.

— Par Dieu ! qui vous a permis de ?...

— Vous étiez occupé, non ? Allez, j'offre une tournée.

Aucun habitant de Callander ne pouvait reculer devant une telle invitation et bientôt les trois hommes — toute animosité oubliée — se livrèrent à une des distractions favorites de certaines gens des Highlands : s'imbiber consciencieusement.

⁂

Ayant fait un rapport oral au superintendant Copland sur le meurtre de Moira Skateraw, Alister Laggan fut prié de donner son opinion :

— Ma foi, je ne sais pas... Tout indique la culpabilité de Fettercairn. Ce qui me gêne pour y croire complètement, c'est justement l'abondance de preuves. On peut se demander s'il n'a pas été victime d'un guet-apens.

— Organisé par le mari ?

— Je ne vois pas à qui profiterait la mort de la jeune femme ? De plus, il y a Imogène McCarthery : elle a vu rôder autour du *Cygne Noir* un homme qui pourrait être Skateraw... La victime l'avait prévenue qu'elle avait aperçu son époux et du même coup, s'était confiée à elle pour lui dire son angoisse. Il ne semble pas que Fettercairn ait été au courant de la présence de son rival.

— Qu'est-ce que vous proposez ?

— Je prends l'avion pour Liverpool et j'irai annoncer à Skateraw qu'il est veuf, car il est supposé ne pas être encore au courant. Puis, je me promènerai au retour dans Edinburg pour me renseigner sur Fettercairn et je me rendrai à Aberdeen afin d'enquêter sur les Skateraw.

— Bonne chance.

***

Le premier soin de Dougal Fettercairn, lorsqu'il fut réveillé au matin du jour suivant sa mise en liberté surveillée, fut de remercier Miss McCarthery, mais il attendit qu'il fût une heure décente pour se présenter chez l'irascible demoiselle. Il calma son impatience en conversant avec son hôte qui lui apparut sous un aspect nouveau, celui d'un brave homme qu'un veuvage déjà ancien emplissait d'une mélancolie discrète. Parce qu'il avait beaucoup aimé sa femme, Jefferson se sentait enclin à protéger les amours des autres et si son puritanisme s'offusquait des tendresses illégales, sa sympathie leur était acquise. Il éprouvait de la peine de la fin violente de Moira Skateraw. Il écouta avec compréhension et amitié les confidences de Dougal qui pleurait sa bien-aimée. Il lui parla de sa Janet morte depuis pas mal d'années et chacun confiant sa peine à l'autre, ils se montrèrent mutuellement très réceptifs. McPuntish se demandait comment il avait pu soupçonner ce malheureux garçon.

Vers dix heures trente, Dougal se rendit chez Imogène qui le reçut avec chaleur. Par contre, Rosemary Elroy se montra à peine polie. La vieille femme s'était mis en tête que ce garçon — sans qu'elle sût de quelle façon — était à l'origine de la rupture des fiançailles de son « baby ». Sa déception était si grande qu'elle oubliait que Miss McCarthery avait failli tomber entre les pattes d'un escroc. En bonne fille des Highlands, Rosemary aussi, avait son monde à elle où la réalité n'était pas l'élément essentiel.

Imogène fit raconter à son visiteur ce qu'il s'était passé entre l'inspecteur et lui et quand elle sut qu'il ne devait pas quitter Callander, elle l'assura :

— Si cela ne porte pas un trop grand préjudice à vos affaires, ce repos chez nous, vous sera d'un effet salutaire.

Fettercairn secoua la tête.

— Je n'oserai pas quitter ma chambre... tout au plus le jardin de l'hôtel... Je suis arrivé ici à travers les bois... Je ne peux rencontrer personne sans risquer d'être insulté.

— En voilà une idée ! Et pourquoi agirait-on de la sorte à votre égard ?

— Parce qu'on me croit le meurtrier de Moira.

— Allons donc !

Dougal eut un pauvre sourire.

— Vous êtes gentille, Miss McCarthery... Sans le réconfort de votre présence, je ne sais pas ce que je deviendrais... En vérité, pour le sergent de police comme aux yeux de la majorité de la population de Callander, je suis un meurtrier qu'on n'est pas parvenu encore à convaincre de son forfait... Mr McPuntish ne voulait pas me recevoir, hier soir... Ce matin, les choses se sont arrangées entre lui et moi, mais il a refusé de m'accompagner jusque chez vous en suivant la grand'rue de Callander...

Imogène hennit de mépris.

— Vous ne m'étonnez pas ! Jefferson McPuntish est né avec la peur au ventre.

Elle se leva et, très droite, déclara d'une voix où grondait le tumulte de futurs combats.

— Mr Fettercairn, à partir de ce jour, vous êtes officiellement sous ma protection afin que nul n'en ignore, nous allons nous rendre ensemble au *Fier Highlander* où vous m'offrirez un whisky...

— Avec joie ! plusieurs même si vous me le permettez !

— Je vous le permets ! Excusez-moi un instant, je monte m'habiller.

Bientôt Miss McCarthery reparut en déclarant :

— Je suis prête.

Dougal eut une légère hésitation. Avec ses souliers à talons plats dont la pointure se devinait importante, sa jupe aux couleurs des McGregor, son chemisier au col strictement boutonné et son béret posé droit sur ses cheveux rouges, la fille du capitaine McCarthery pouvait faire reculer les plus braves. Mais Fettercairn se trouvait dans une situation telle qu'il aurait eu mauvais goût de critiquer ceux qui se portaient spontanément à son aide. Cependant, il ne se sentait pas tout à fait à son aise lorsqu'au côté d'Imogène, il entra dans Callander.

Le premier qu'ils rencontrèrent fut le docteur Elscott qui, sa valise noire au poing, se rendait chez un client. Il s'arrêta pour saluer Imogène et demanda à son compagnon.

— Cet imbécile de McClostaugh s'est décidé à vous relâcher.

— Sur ordre de l'inspecteur.

— Laggan est un type bien, je crois qu'on peut lui faire confiance pour découvrir le meurtrier. Ça va toujours, miss Imogène ?

— Toujours !

Le docteur haussa les épaules et feignant le désappointement :

— Vous ne semblez pas vous doutez que les médecins ont besoin de malades pour pouvoir manger à leur faim ! Allez, à bientôt !

Miss McCarthery et Fettercairn reprirent leur marche qui était, à la fois, une affirmation et un défi. La femme du révérend Haquarson ne put échapper au couple. Prise de court, en plein désarroi, elle esquissa un pas à gauche, un pas à droite, tourna sur elle-même et finalement, se trouva nez à nez avec ceux qu'elle entendait éviter. Imogène attaqua :

— Nous ferions-vous peur, Mrs Haquarson ?

La pieuse épouse du pasteur roula des yeux effarés, cherchant de tous côtés un secours impropable :

— Non... naturellement... non...

— Vous semblez pourtant très inquiète !

— C'est... une... une fau... fausse impression, je... je vous assure.

— Craindriez-vous que Mr Fettercairn vous étrangle comme vous vous imaginez qu'il a étranglé Moira Skateraw ?

— Oh !... Miss McCarthery ! comment osez-vous proférer des horreurs pareilles ! Réginald a décidément raison de dire que vous êtes une créature diabolique !

— Votre mari est un sot, ma chère amie, et il n'y a que vous qui ne vous en soyez pas encore aperçu. Il est vrai que qui se ressemble s'assemble... Venez Dougal, ne perdons pas plus de temps à écouter des âneries.

Lorsque le couple se fut éloigné, Mrs Haquarson, pâle et les yeux brouillés de larmes, dut s'appuyer contre le mur d'une maison pour retrouver son calme. Des flâneurs qui la virent dans cet état, confièrent à ceux voulant les entendre, leur étonnement d'avoir dû constater que l'épouse du pasteur abusait peut-être un peu de la bouteille. Ainsi naquit dans Callander, d'une fausse observation, une opinion calomnieuse qui accabla la réputation de Mrs Haquarson, laquelle ne sut jamais pourquoi, à partir de ce jour, les paroissiens de son mari lui battirent froid et n'acceptèrent plus ses conseils qu'avec une ironie goguenarde.

La facile victoire remportée par Imogène sur l'épouse du révérend, aiguisa ses envies belliqueuses et lorsqu'en arrivant au petit square, elle découvrit les trois veuves sur leur banc, elle s'en fut prendre place sur le banc voisin avec Dougal qui ne comprit pas très bien ce soudain besoin de repos éprouvé par son indomptable compagne. Les veuves devinèrent que ce geste en apparence anodin cachait une provocation. Elle se serrèrent davantage les unes contre les autres pour mieux s'épauler en vue de l'assaut se préparant.

Le conflit tardant à s'allumer, ce fut Mrs Plury qui n'y tenant plus, ouvrit les hostilités en déclarant à haute voix :

— Avez-vous remarqué, Mesdames, que de nos jours, les filles les plus montées en graine, n'hésitent pas à s'acoquiner avec des hommes douteux pourvu qu'ils soient encore jeunes ?

Mrs Frazer renchérit :

— Je n'aurais jamais cru qu'à cet âge on puisse encore adopter les mœurs des hippies !

Et Mrs Sharpe conclut :

— Que voulez-vous, mes chères amies, quand on a été délaissée toute sa vie par les hommes, on se rabat sur n'importe quoi, surtout quand on manque de la plus élémentaire pudeur !

Après cette réflexion, le silence régna, pendant lequel les veuves guettèrent la réaction d'Imogène tandis que Fettercairn aurait souhaité se trouver ailleurs. Brusquement, Miss McCarthery dit :

— Pour vous instruire de la population de Callander, mon cher Dougal, je vous apprendrai que les trois sacs de pommes de terre qui se prennent pour des femmes et qui sont entassés sur le banc voisin, représentent à la perfection ce qu'il y a de plus bête et de plus méchant dans notre ville.

Mrs Frazer glapit :

— En tout cas, nous autres, nous nous respectons assez pour ne pas parader en compagnie d'un homme suspecté de meurtre !

Sans se départir de son calme et s'adressant toujours à Fettercairn, Imogène insinua :

— Il serait curieux de savoir comment ces trois tristes créatures sont devenues veuves ? Vous pensez qu'elles se sont débarrassées de leurs maris ? A moins que les malheureux aient mis fin à leurs jours pour ne pas endurer plus longtemps le martyre de leur présence quotidienne.

Dougal ne jugea pas opportun de répondre et Mrs Plury rugit :

— Vous l'entendez cette goule ?

Mrs Sharpe ricana :

— Les propos de la fille d'un ivrogne ne saurait nous atteindre, mes très chères ! Sa place est dans un asile et elle y serait depuis longtemps si elle ne jouissait de scandaleuses protections !

S'il y avait une chose qu'Imogène ne pouvait supporter c'est qu'on portât atteinte à la réputation de son père. Se levant d'un bond, elle alla se placer face aux trois veuves, calotta Mrs Sharpe tandis que d'un talon perfide elle écrasait le pied de Mrs Plury et atteignait, de son poing gauche, l'estomac de Mrs Frazer. Cette prouesse athlétique fut immédiatement suivie d'un concert de cris de douleurs, de gémissements et d'invectives. Miss McCarthery n'y prit aucun intérêt et passant son bras sous celui de Fettercairn :

— Continuons notre promenade, mon cher, une partie du ménage est faite.

Dougal était en train de se demander s'il n'aurait pas mieux agi en restant chez lui avec le brave Jefferson si compréhensif, quand Tyler vint à eux, un bon sourire aux lèvres :

— Je vois, Mr Fettercairn, que vous avez empoigné la situation par le bon bout. J'en suis content pour vous. Prenez votre mal en patience, tout s'arrangera. Il n'y a que la pauvre victime... Encore toutes mes condoléances, Mr Fettercairn.

Emu, Dougal serra longuement la main du constable et ce fut ce moment de détente que choisit le sergent pour se montrer :

— Bravo, Tyler ! Jolie mentalité ! alors, maintenant, trahissant une fois de plus les devoirs de votre charge vous pactisez avec les criminels que vous êtes chargé de traquer ?

— Quel criminel, sergent ?

— Il me semble que l'individu à qui vous ne craignez pas de serrer la main, en est un bel exemple, non ?

— Pourquoi n'est-il pas en prison, alors ?

— Tyler, voilà une sorte de réflexion que je n'aime pas !

— Je n'aime pas plus vos observations, sergent.

— Auriez-vous perdu tout sens moral, Tyler ?

— Je vous rappelle, sergent, que nul n'a le droit de traiter son prochain de criminel tant que la Justice ne le considère pas comme tel !

— En somme, vous voulez m'apprendre mon métier, Tyler ?

Fettercairn intervint dans la querelle :

— Mais enfin, sergent, pour quelles raisons vous acharnez-vous contre moi?

Avant que McClostaugh n'ait pu répondre, Imogène le fit à sa place :

— La jalousie, Dougal.

Le jeune homme la regarda, incompréhensif. McClostaugh explosa :

— Miss McCarthery, je vais vous attaquer en diffamation !

Sans se préoccuper du sergent, Imogène expliquait :

— Depuis des années, cet individu me poursuit de ses assiduités. Il cherche toutes les occasions de me prendre dans ses bras. Il rêve de devenir mon mari et s'irrite de la moindre présence masculine à mes côtés. La jalousie est une maladie et le malheureux est plus à plaindre qu'à blâmer. Bye-bye, Archie !

Archie demeura un moment sans voix et lorsqu'il put de nouveau s'exprimer, le couple était parti.

— Tyler !

— Sergent ?

— Vous avez entendu ce qu'elle a dit ! ce qu'elle a osé dire !

Sam usa d'un ton fraternel pour donner son avis :

— J'ai entendu sergent et je vous plains. Mais il ne faut pas désespérer, peut-être qu'un jour, elle se laissera fléchir...

Au mépris du chapitre du règlement portant sur la tenue d'un officier de police dans l'exercice de ses fonctions, McClostaugh dut précipitamment dégrafer son col pour échapper, si possible, au coup de sang.

Pendant qu'Archibald vivait ces instants difficiles, Imogène et Dougal passaient devant l'épicerie McGrew où William toujours sur son seuil, les saluait affectueusement.

— En promenade, miss Imogène ?

— Nous nous rendons au *Fier Highlander.*

— Me laisserez-vous vous y accompagner ?

— Avec le plus grand plaisir, William.

Elisabeth McGrew bouscula son mari :

— Vous avez fini de débaucher nos hommes, impudique ?

Les narines de Miss McCarthery se pincèrent, ses lèvres se serrèrent. Inconsciente du danger, Mrs McGrew continuait :

— Vous n'avez pas honte de vous exhiber avec un individu qui finira peut-être à la potence ?

Imogène fonça, mais William l'arrêta dans son élan en disant :

— Je vous demande une minute, Miss, ceci me regarde.

L'épicier repoussa son épouse à l'intérieur du magasin dont il referma la porte. Bientôt les cris et supplications qui parvinrent aux promeneurs indiquèrent que la justice était en train de se faire. Puis les sanglots succédèrent aux gémissements et McGrew reparut se frottant les mains et annonçant :

— Elisabeth n'est pas en état de vous présenter ses excuses, Miss, ni à vous, Sir... Ce sera pour plus tard. En attendant, permettez-moi de vous offrir chez Ted une tournée réparatrice.

Le trio fut accueilli avec enthousiasme au *Fier Highlander*. Le patron serra la main de Fettercairn en l'assurant que ses amis et lui-même étaient prêts à le protéger contre l'arbitraire d'une police si mal représentée à Callander.

Dans le *Fier Highlander* où la beuverie s'interrompait parfois pour céder la place à des chants du vieux pays, le whisky coulait à flots en l'honneur de la vérité, en l'honneur de l'innocence persécutée, en l'honneur du courage des Highlanders, en l'honneur d'Imogène McCarthery championne du Droit, en l'honneur de Dougal Fettercairn injustement soupçonné d'un crime qu'il n'avait pas commis et en l'honneur du whisky. Puis, ne sachant plus qui encenser, on reprit à peu près le même chemin, mais en sens inverse et l'on but, cette fois, à la confusion des abstinents, à la confusion des aigris, et des hypocrites, à la confusion de McClostaugh, ce maudit produit des Lowlands. En bref, lorsque sonna l'heure de la fermeture méridienne, plus personne, au *Fier Highlander* n'était capable de s'en rendre compte, sauf Margaret Boolitt qui, toujours tremblante, vint crier à son époux :

— Ted ! êtes-vous devenu fou ? Vous ne voyez pas que l'heure de la fermeture est passée depuis plus de dix minutes !

Boolitt se retourna vers la fâcheuse :

— Mrs Bollitt, je vous serais infiniment obligé de me foutre la paix et de ne pas ramener votre vilaine figure de fouine parmi ces honorables gentlemen ! Vous faites du tort à mon standing et à mon commerce ! Je pense que vous m'avez compris ?

Semblable à la Sybille de Cumes qu'agitait un divin tremblement quand elle était sur le point de rendre ses oracles, Margaret redressa son torse maigre sur son pauvre petit derrière que supportaient deux jambes aux mollets étiques et prophétisa :

— Tel Boolitt, vous avez lassé la bonté de Dieu en injuriant, en maltraitant celle que vous vous étiez engagé à défendre et à respecter ! La colère du Seigneur ne tardera pas à vous atteindre !

Elle regagna sa cuisine avec beaucoup de dignité, car le démon de la trahison était entré en son cœur et elle s'apprêtait à vendre son époux et ses frères à leur ennemi intime, le représentant de la loi à Callander, le sergent McClostaugh.

Ce dernier, plongé dans une somnolence fiévreuse, essayait de digérer la boîte de corned-beef qui avait constitué son déjeuner de célibataire. Il n'y parvenait pas et souffrait, au surplus d'une soif terrible. Sitôt qu'il perdait un peu conscience, il se voyait batifolant tout nu dans une étroite rivière dont les sources étaient deux fantastiques bouteilles de son whisky préféré. Le gosse de la marchande de journaux, que Margaret avait choisi comme instrument de sa vengeance, dut pousser un véritable cri de Sioux sur le sentier de la guerre pour qu'Archibal consentît à s'arracher aux joies paradisiaques de sa baignade imaginaire, dont il émergea mélancoliquement et naturellement hargneux. Il attrapa le gamin dans ses grosses pattes et l'approcha de sa poitrine pour lui demander :

— Que viens-tu faire ici ?

— On m'a envoyé.

— Qui ?

— Mrs Boolitt.

A peine prononcé le nom de son ennemi personnel, Archibald sut qu'il s'était passé ou qu'il allait se passer quelque chose de grave.

— Que veut-elle ?

— Elle vous fait dire que bien que l'heure soit sonnée depuis longtemps son mari ne veut pas fermer le *Fier Highlander*.

— Vraiment ?

— Paraîtrait qu'il aurait ajouté que c'est pas un sale bâtard de Lowlander qui lui imposerait sa volonté !

— Il a dit ça, hein ?

— Moi je l'ai pas entendu, c'est Mrs Boolitt...

— D'accord, tu es un bon petit garçon... Je m'en vais rétablir l'ordre en moins de deux et j'en connais un qui saura ce que ça coûte de se moquer de l'autorité !

Hélas ! Le Seigneur se plaît à châtier ceux qu'Il aime particulièrement et c'est pourquoi, il est rarement du côté du Droit et de la Vertu, du moins à nos yeux. Le malheur de Margaret Boolitt voulut qu'ayant été obligée de s'absenter quelques minutes, le gosse de la marchande de journaux venant annoncer que sa mission était remplie et qu'on devait lui verser le shilling promis, n'eut pas la patience d'attendre et s'adressa directement à Ted.

— Hé ! Mr Boolitt ! Vous voulez pas me donner le shilling que votre femme, elle me doit ?

— Et pourquoi te doit-elle un shilling, jeune homme ?

— Parce que j'ai fait sa commission.

— Quelle commission, jeune homme ?

— Aller dire au sergent que vous refusiez de fermer

le *Fier Highlander* et que c'est pas un bâtard de Lowlander qui vous y obligerait.

D'un coup, un silence de mort s'établit dans le pub. Dégrisé par l'énormité de la trahison, Ted avait pâli. Il donna deux shillings au gamin qui déguerpit, enchanté. Boolitt s'adressa alors à l'assistance :

— Miss et vous, gentlemen, vous êtes témoins que depuis des années, je réchauffe un serpent dans mon sein, que Judas est dans ma maison.

Un murmure de réprobation courut dans le cabaret.

— Mais je ne serais pas Ted Boolitt si je me laissais posséder par cette maudite créature et son complice.

Un soupir d'aise gonfla toutes les poitrines.

— Voilà ce que nous allons faire.

***

Les gens de Callander qui défilaient devant le *Fier Highlander* ne se doutaient pas du drame qui allait se jouer sous leurs yeux. Tandis qu'Archibald s'approchait en rasant les murs, Ted écoutait, la bouche tordue en un rictus de mauvais augure, Margaret empiler de la vaisselle dans ses placards.

Si McClostaugh croyait à un effet de surprise, il se trompait lourdement. McGrew surveillait son approche et le signala sitôt qu'il fut sur le point de traverser la rue. Le policier sourit en voyant la porte du pub à demi fermée. Ce satané Boolitt s'imaginait tromper un vieux renard comme lui avec des ruses enfantines ! Au moment où le sergent posait le pied sur le trottoir d'où partaient les trois marches menant au *Fier Highlander*, Ted appela sa femme, la prit aux épaules, la poussa brutalement dehors et referma. Emportée par l'élan, la pauvre Margaret tomba dans les bras de McClostaugh en poussant des cris d'orfraie qui ameutèrent les gens se trouvant aux alentours.

A cet instant, Ted se montra sur son seuil, en hurlant :

— Vous allez laisser ma femme, espèce de satyre !

Et prenant l'assistance à témoin :

— Voilà qu'il se jette sur nos épouses, à présent, ce maniaque ! Et en plein jour! Devant tout le monde ! Même les enfants !

Un oh ! de stupéfaction courut parmi les curieux. Si léger que fut ce oh ! il galvanisa Archibald qui, abandonnant Margaret à son sort, se jeta en avant et pénétra dans le *Fier Highlander* à la façon des soldats du général Simpson entrant dans les bastions conquis de Sébastopol. La sueur lui coulait du front et ses yeux étaient exorbités. Il regarda l'assistance et hurla :

— Diffamation ! Calomnie ! Tous complices ! Contravention avec la loi ! Je... Nous... On...

Sournois, Ted lui tendit un verre d'alcool en murmurant :

— Un instant d'égarement, sans doute, sergent... Je me contenterai de vos excuses.

McClostaugh qui avait accepté le whisky, parce qu'un verre de whisky ne se refuse jamais quelles que soient les circonstances, s'étrangla et inonda sa barbe. Aspirant l'air avec fureur, il rugit :

— Ted Boolitt, je ne retrouverai pas le repos tant que je ne vous aurai pas vu gigoter au bout d'une corde !

Ecœuré, McGrew haussa les épaules :

— Il est complètement saoûl...

— Quoi ? Qu'avez-vous dit ?

Le sergent empoigna l'épicier par le plastron de sa

chemise et se mettait en devoir de l'étrangler lorsque le constable Samuel Tyler, alerté une fois de plus par l'opinion, se présenta pour savoir de quoi il retournait. Il avait su que son supérieur, surpris alors qu'il tentait d'embrasser Margaret Boolitt en pleine rue, s'était réfugié au *Fier Highlander* et qu'il y suscitait du scandale. A la vue de son adjoint, Archibald abandonna McGrew et commanda :

— Tyler, arrêtez Boolitt !

Ted soupira :

— Il doit vouloir me jeter en prison pour mieux s'occuper de ma femme.

Embêté, Sam chuchota.

— Chef... Il vaudrait mieux retourner au poste et y prendre une décision à tête reposée.

— Parce que vous estimez que ma tête est fatiguée ?

— Vous empestez le whisky, chef.

— Je... Tyler ! N... de D... ! Insinueriez-vous que je suis saoûl ?

— Je le crains, chef. Autrement, comment vous seriez-vous attaqué à cette malheureuse Mrs Boolitt qui n'a que la peau sur les os ?

— Moi ! je...

— C'est ce qu'on raconte dans Callander, chef.

Cette révélation parut assommer McClostaugh et Tyler dut l'aider à descendre les marches donnant sur la rue. Une vieille femme, en voyant cet étrange couple, s'exclama :

— Si ce n'est pas scandaleux de se mettre dans un état pareil ! un fonctionnaire de Sa Majesté !

Mais le sergent Archibald McClostaugh n'entendit pas. Il ne pouvait plus rien entendre, égaré dans un univers où les coquins avaient toujours raison, où les meilleures intentions se changeaient en crimes et les actions illégales en plaisanteries approuvées par la majorité.

⁂

A l'hôtel Adelphi, à Liverpool, on confirma à l'inspecteur Laggan, que Mr Skateraw d'Aberdeen était arrivé depuis quatre jours, c'est-à-dire la veille de l'ouverture du Congrès des Imprimeurs et qu'il n'avait pas quitté l'hôtel durant ce laps de temps. Le policier envoya chercher le mari de Moira en train de prendre un tardif breakfast et l'attendit au salon. Lorsque Keith se montra, Alister fut, tout de suite, frappé par son nez en bec d'aigle et sa moustache noire que Miss McCarthery avait remarqués. Le policier se leva.

— Inspecteur Laggan de la police de Perth.

— Ah ?

— Voulez-vous vous asseoir, Mr Skateraw et avoir l'amabilité de répondre aux quelques questions que je suis venu vous poser.

Effaré, le veuf s'enquit :

— Vous êtes venu spécialement de Perth pour me poser des questions ?

— Oui.

— Mais... mais à quel sujet ?

— Mr Skateraw, avez-vous lu les journaux ces derniers jours ?

— Mon Dieu, je les ai parcourus, comme tout le monde.

— Vous n'avez pas eu l'occasion de vous procurer un journal écossais ?

— Ma foi... non... Vous savez, je ne suis pas nationaliste à ce point-là !

— Vous habitez Aberdeen, n'est-ce pas ?

— En effet.

— Votre femme vous a-t-elle écrit depuis que vous êtes ici ?

— Ma femme ?... Voilà, pour le moins, inspecteur, une étrange curiosité ? En quoi est-ce que mes...

— Vous devez pensez, Mr Skateraw, que je ne me suis pas dérangé à seule fin de vous interroger sur des histoires qui, a priori, ne me regardent pas ? Votre femme vous a-t-elle écrit, oui ou non ?

— Non.

— Vous-même, lui avez-vous adressé un mot ?

— Pas davantage.

— Bizarre, non ?

— Eh bien ! Puisque vous paraissez vous intéresser à ma vie privée, inspecteur, je vous avouerai que les choses ne vont pas fort entre Moira et moi, en ce moment. Elle m'a demandé de divorcer et j'ai refusé. Alors, disons que nous nous battons froid pour l'instant. Etes-vous satisfait ?

— Pas encore. Connaissez-vous les mobiles qui la poussent à réclamer le divorce.

— Moira et moi avons fait un mariage de raison. C'est une fille qui n'est pas jolie et qui, en dépit de sa dot, ne trouvait pas de mari...

— Vous vous êtes dévoué ?

— Non, inspecteur, j'ai réalisé une affaire. Je ne suis pas riche du tout. Je pensais que Moira serait une bonne maîtresse de maison et qu'à la mort de ses parents, je deviendrais le patron de l'entreprise paternelle.

— Ce qui s'est vite produit, n'est-ce pas ?

— Très vite, grâce à un fou du volant.

— Lequel, ce jour-là, vous a rendu un fameux service.

— Je n'aurai pas l'hypocrisie de le nier.

— Et vous êtes devenu le patron ?

— En fait, oui, mais c'est Moira qui continue à disposer des fonds. Je ne peux rien entreprendre sans sa signature.

— Doit-on voir là le motif qui vous pousse à refuser le divorce ?

— En partie, oui. Cependant et aussi extraordinaire que cela puisse vous paraître après ces confidences, je me suis attaché profondément à ma femme. Je n'entends pas la perdre et je me battrai jusqu'au bout pour la garder !

— Ainsi que sa fortune.

— Ainsi que sa fortune. Je vous parais cynique ?

— L'impression que vous me faites, Mr Skateraw, n'a aucune importance. Au cas où vous disparaîtriez, à qui reviendrait l'usine ?

— A ma femme, puisque nous n'avons ni enfants ni collatéraux ni ascendants et qu'elle en est la propriétaire légale.

— Pensez-vous qu'elle ait rédigé un testament en votre faveur ?

— Je ne m'en suis jamais préoccupé. Le mieux serait de vous adresser à Matthews, Lansham et Garett à Aberdeen. Ce sont ses hommes de loi.

— Merci.

— Et maintenant, inspecteur, me jugerez-vous trop curieux si je vous demande ce que signifie cet interrogatoire ?

— Quelque chose de fort triste, Mr Skateraw.

— De triste ?

— Mrs Skateraw est morte.

— Mon Dieu !... Moira est morte ? Ce n'est pas possible, voyons ! Je l'ai laissée en excellente santé.

— Sa santé n'a rien à voir dans l'affaire.

— Voulez-vous dire qu'elle a été victime d'un accident ?

— D'un meurtre, Mr Skateraw.
— D'un....
— Elle a été étranglée.
— Oh ! Mais par qui ? Qui a pu commettre un acte aussi horrible ?
— C'est ce que je cherche, Mr Skateraw.
— Seigneur ! je n'arrive pas à croire... que... que je ne reverrai plus Moira... Où est-elle ?
— A Callander.
— A Callander ? mais pourquoi se...
— Autant vous assener tous les coups à la fois, elle vous avait quitté, Mr Skateraw, pour partir avec son amant... Ils s'étaient réfugiés à Callander, à l'hôtel du *Cygne Noir*.
Keith murmura comme pour lui-même :
— Elle avait un amant...
— Vous ne vous en doutiez pas ?
— Non... Je sentais qu'elle m'échappait, mais d'ici à supposer... non, pas Moira.
— Et pourtant...
— C'est lui qui l'a assassinée ?
— Tout semble l'accuser, sauf le motif. Pour quelles raisons aurait-il tué la femme avec qui il s'enfuyait ?
— Evidemment. Qui est cet homme ?
— Quelle importance, maintenant qu'elle est morte ? De votre côté, Mr Skateraw, vous n'avez pas de maîtresse ?
— Non !
— Et vous n'avez pas quitté Liverpool depuis que vous y êtes arrivé pour votre Congrès ?
— Je vous en donne ma parole, inspecteur. Dois-je entendre que vous me soupçonnez d'avoir... Ce serait monstrueux !
— Mr Skateraw, entendons-nous bien : je n'ai pas

à soupçonner celui-ci ou celui-là. Mon métier consiste à relever des faits et à leur trouver des mobiles. Je veux savoir qui avait intérêt à la disparition de Moira Skateraw, un point c'est tout. Avez-vous une photographie de vous-même ?

— Oui.

— Voulez-vous me la confier ? Vous comprenez, Mr Skateraw, je n'ai pas le droit dans une enquête criminelle, de m'en remettre à vos seules assurances. Quand comptez-vous rentrer à Aberdeen ?

— Mais tout de suite !

— Le corps est à Callander. Je vais téléphoner pour qu'on laisse les Pompes Funèbres l'enlever. Au revoir, Mr Skateraw. Nous nous reverrons sûrement.

Alors que Laggan regagnait le hall, Keith lui courut après, le prit par le bras :

— Inspecteur, je vous supplie de ne pas perdre votre temps ! Je vous jure sur la tête de ma chère Moira, que je suis ici depuis quatre jours et que je n'en ai pas bougé !

— C'est vous qui le dites, Mr Skateraw.

— Mais enfin...

— Parce que, voyez-vous, l'ennuyeux c'est qu'on vous a aperçu à Callander, la veille et la nuit du meurtre.

— Mensonge ! Celui qui vous a affirmé cela a menti ou alors il s'est trompé !

— J'en serais étonné.

— Pourquoi ?

— Parce que c'est votre femme qui vous a aperçu !

⁂

Depuis son dernier malheur au *Fier Highlander*, Archibald McClostaugh broyait du noir, mais contrairement à ce qu'on aurait pu penser, sa haine se cristallisait autour de Dougal Fettercairn sans qui rien ne serait arrivé. Il cherchait par tous les moyens à prouver sa culpabilité dans le meurtre de Moira et refaisait pour son compte, sur place, l'enquête que menait l'inspecteur au loin.

Un matin, il attendit que Fettercairn soit parti pour son footing quotidien et s'en fut visiter Jefferson McPuntish.

— McPuntish, nous sommes entre nous et vous pouvez m'ouvrir votre cœur.

— C'est-à-dire ?

— Me confier tout ce que vous avez surpris de louche, de bizarre, de fuyant, de criminel quoi ! dans le comportement de l'assassin qui loge chez vous par suite de la faiblesse de ces gentlemen de Perth.

— Je ne saisis pas, sergent ? Ce jeune homme souffre beaucoup de la mort de sa compagne.

— A d'autres !

— En tout cas, d'après les conversations que nous avons eues, je ne vous cacherai pas que je le tiens pour un malheureux garçon accablé par un sort injuste.

— Un malheureux garçon qui détourne les femmes mariées de leurs époux, qui brise les foyers ! Je comprends qu'il ait votre estime !

— Et pourquoi, je vous prie ?

— Parce que qui se ressemble s'assemble !

— Je ne vous permets pas de...

— C'est moi seul, ici, qui permets ou interdis !

— Filez d'ici en vitesse !

— Laissez-moi rire ! Je cherche un assassin à qui vous fournissez de faux alibis !

— Tenez, vous êtes trop bête, je préfère m'en aller !

— Non !

— Quoi, non ?

— Vous resterez où vous êtes tant que vous refuserez de répondre à mes questions.

— Je refuse !

— Vous refusez ? tiens, tiens... Craindriez-vous d'avouer, McPuntish ?

— D'avouer quoi, McClostaugh ?

— Que vous avez du sang sur les mains ?

— Moi, jai...

— Réfléchissez, espèce de gargotier ! Vous n'étiez que deux dans cette maison la nuit où Moira Skateraw a été étranglée. Le meurtrier est donc Fettercairn ou vous. Pas à sortir de là !

— Mille tonnerres de Dieu ! Pourquoi aurais-je assassiné cette pauvre fille ?

Le sergent prit un air supérieur.

— Votre libido, mon cher !

— Ma...

McClostaugh se pencha vers le patron du *Cygne Noir* et chuchota :

— Nierez-vous que vous êtes un obsédé sexuel, Jefferson ?

— Moi, un...

— Mais tout dans votre démarche, dans votre regard traduit la hantise. Vous êtes exactement le genre de type qui étrangle les gosses sur la lande après les avoir violentés... Avouez que vos nuits sont peuplées de rêves malsains, hein ? Vous devez coller votre œil au trou des serrures, pas vrai ? Allons, avouez, McPuntish ? Elle vous plaisait cette fille, n'est-ce pas ? Vous l'imaginiez dans son lit ! Vous la guettiez et quand son ami est parti pour se rendre chez l'autre piquée de Miss McCarthery, vous avez sauté sur l'occasion et comme elle résistait, vous avez eu peur, vous avez voulu la faire taire et...

A moitié fou d'épouvante et d'indignation, Jefferson McPuntish, pas assez fort pour rosser le sergent, s'était accroché à sa barbe et glapissait :

— Au secours ! Il est fou ! Au secours !

De son côté, le policier hurlait :

— Allez-vous me lâcher, bougre de cinglé ! Lâchez-moi ou je vous assomme !

Revenant de son footing, Fettercairn, doutant de la réalité de ce qu'il voyait, resta un instant immobile devant cet enlacement d'où jaillissaient des cris. Enfin, il se jeta sur les combattants et parvint à arracher la barbe de McClostaugh des doigts de Jefferson. Il leur demanda ce qu'il leur arrivait, mais les deux ennemis étaient trop hors d'eux-mêmes pour pouvoir répondre. Ils continuaient à s'injurier avec la plus louable ardeur et se menaçaient avec une conviction qui eût emporté toutes les adhésions. Exaspéré de ne pouvoir se faire entendre, Fettercairn attrapa le sergent aux épaules, par derrière et le tira pour l'obliger à s'écarter de son antagoniste. C'était là une fausse manœuvre, car Archibald s'en prit aussitôt à lui.

— Vous vous portez au secours de votre complice, hein ! C'est naturel ! Mais il ne faut pas croire que vous m'aurez aussi facilement que vous avez eu Moira Skateraw !

En dépit de sa ferme résolution d'ignorer les injures de ce maniaque, Fettercairn ne put se contenir et éprouva une joie sauvage à aplatir son poing sur le nez de McClostaugh. Après ce geste libérateur, le monde parut s'être soudain immobilisé. Puis, poussant un hurlement qui semblait arriver du fond des âges, Archibald se jeta sur le jeune homme. Il s'en suivit un beau pugilat où le malheureux Fettercairn ne possédait pas la force physique susceptible de contrebalancer celle du policier. En moins de deux minutes, il roulait au sol ensanglanté et évanoui. Triomphant, le sergent se tourna vers Jefferson :

— Vous avez vu, hein ? Ce n'est pas encore demain que quelqu'un fera plier les genoux à McClostaugh !

— Que vous dites !

— Que je dis Mr McPuntish ! Vous connaissez, vous, des gens capables de venir à bout du vieil Archie ?

— Oh ! oui ! Les infirmiers qui vous passeront la camisole de force !

— Si vous n'étiez pas aussi minable, mon pauvre Jefferson, je vous aplatirais comme une punaise ! En attendant, je réquisitionne votre voiture pour transporter cet assassin jusqu'au poste de police.

Sitôt qu'il eut entendu la voiture démarrer, l'hôtelier se précipita sur son téléphone et appela Ted Boolitt au *Fier Highlander* qui commençait à se remplir de consommateurs et lui raconta que McClostaugh dans une crise de délirium tremens, avait à moitié tué Dougal Fettercairn et qu'il l'avait emporté jusqu'à son repère.

Ayant raccroché, Ted informa l'assistance qui s'indigna. On décida de faire quelque chose, sans savoir quoi et ce fut McIntyre qui proposa d'envoyer quérir Miss McCarthery, assuré qu'elle déciderait, à juste escient, ce qu'il convenait d'entreprendre pour arracher sa proie au sergent.

***

Le constable Tyler crut tomber du haut mal lorsqu'il vit son chef entrer en portant sur son épaule — à la manière d'un chasseur de la préhistoire ramenant dans la grotte familiale, le gibier qu'il venait d'abattre — Dougal Fettercairn. Il balbutia :

— Vous... vous l'avez tué ?

— Corrigé, simplement.

Archibald s'en fut se débarrasser de son fardeau dans la cellule dont il ferma soigneusement la grille et retourna près de son second en jubilant :

— Cette fois, je le tiens et bien !

Très content de lui, il raconta de quelle façon après avoir quelque peu houspillé McPuntish, il avait été frappé par Fettercairn ce qui lui avait réglementairement donné le droit de le rosser. Il jugeait, de plus, qu'un suspect d'assassinat osant s'en prendre à un représentant de la police, s'affirmait un individu extrêmement dangereux et qu'il estimait de son devoir de le tenir enfermé jusqu'à ce qu'il ait réuni les preuves devant le convaincre du meurtre de Moira Skateraw.

— Vous vous dressez chef, contre la décision de l'inspecteur Laggan !

— La belle affaire! Ce policier se trompe et j'ose dire, Tyler, qu'il a de la chance que j'aie été là pour lui éviter la plus belle bévue de sa carrière !

Sam écarta les bras dans un geste d'impuissance et conclut :

— Je ne voudrais pas être à votre place quand le super apprendra votre dernier exploit !

— Toujours froussard hein, Tyler ?

— La population de Callander n'a pas réagi en...

— Elle n'est pas au courant.

Comme pour démentir cette affirmation, une rumeur parvint de l'extérieur, une sorte de grondement prolongé d'où jaillissaient des cris parmi lesquels les policiers entendirent : McClostaugh, assassin ! Archibald à l'asile ! Libérez Fettercairn !

Le sergent se précipita, ouvrit la porte et vit s'avancer une bande vociférante à la tête de laquelle marchait Imogène McCarthery. Derrière elle, on apercevait, sur le même front, Ted Boolitt, Fergus McIntyre, William McGrew précédant des hommes enveloppés de hurlements et d'insultes à l'adresse de la police de Callander. Un peu décontenancé, Archibald demanda :

— Votre avis, Tyler ?

— Relâchez au plus vite Fettercairn !

— Jamais !

— Enfin, mille tonnerres, vous ne jouez pas un western !

— Justement, et je vais montrer à ces braillards qu'on n'intimide pas le sergent McClostaugh.

Archibald se planta sur le seuil du poste de police, les poings sur les hanches. Les autres n'étaient plus qu'à dix mètres lorsqu'il rugit :

— Le premier qui ose mettre le pied...

Tyler profita de ce que le sergent était occupé pour ouvrir au prisonnier et lui conseiller :

— Dépêchez-vous de filer par derrière, sinon ils vont tout casser !

Dougal obéit et Sam vint se mettre à côté de son supérieur pour crier à son tour :

— Je viens de renvoyer Mr Fettercairn ! Il n'y a donc plus de raison pour que...

Les assaillants s'approchaient et le constable prudent, préféra se retirer tandis que McClostaugh refusait de bouger. Ils lui arrivèrent dessus, le bousculèrent, le firent tomber et avant de perdre conscience, Archibald eut l'impression qu'il était un de ces cow-boys qu'au cinéma, on voit disparaître sous les pattes d'un troupeau affolé.

⁂

En arrivant au *Cygne Noir* Dougal s'entendit appeler par Jefferson.

— Mr Fettercairn, il y a quelqu'un qui vous attend au salon.

Le jeune homme se dirigea vers la pièce indiquée. En apercevant l'inspecteur, il fut pris de panique et, au lieu de le rejoindre, revint sur ses pas. Il paraissait tellement décontenancé que McPuntish s'enquit !

— Que vous arrive-t-il Mr Fettercairn ?

— J'ai... j'ai peur !

— Peur ? Mais...

Avant que Jefferson n'ait eu le temps d'exprimer complètement sa surprise, Dougal avait ouvert la porte et fuyait.

CHAPITRE IV

Ceux venus pour libérer Fettercairn s'étant retirés, Tyler — aidé d'Imogène qui, le moment d'excitation passé, ne voulait pas que les choses tournent mal — transporta McClostaugh sur son lit. Il ne portait aucune blessure. Simplement, il avait été choqué au physique comme au moral. Jamais encore une certaine partie de la population de Callander ne s'était dressée avec autant de violence contre son autorité. Peut-être lui avait-on un peu piétiné les côtes et son visage montrait-il la trace de quelques meurtrissures, mais somme toute il s'en tirait bien et n'eût été son désarroi mental, l'incident aurait été vite oublié. Pendant que Tyler massait avec conscience le large torse de son chef, Miss McCarthery bassinait les tempes d'Archibald. Au bout d'une dizaine de minutes de ce double traitement, le sergent revint à lui, et sans ouvrir les yeux, tendit les bras dans un geste de défense. Sans doute, reprenait-il contact avec la réalité à l'endroit précis où il l'avait quittée et voulait-il se protéger de ceux qui lui arrivaient dessus. Dans son mouvement, McClostaugh rencontra l'épaule de son infirmière bénévole et murmura :

— C'est vous, Tyler ?

— Non, Archie, c'est votre chère Imogène !

Le son de la voix abhorrée eut un merveilleux effet sur le sergent qui poussant un cri, se propulsa à une vitesse fantastique hors de sa couche et s'en fut se coller le dos au mur, en gémissant :

— Non ! non ! non ! non ! Pas elle ! Que le Seigneur me prenne en pitié ! Tout, mais pas elle !

Gentille, l'Ecossaise dit :

— Que vous êtes ingrat, Archie ! C'est très vilain chez un grand garçon...

McClostaugh gémit :

— Vous l'entendez, Sam ? Un grand garçon... Je suis devenu idiot ou cherche-t-elle à me persuader que je le suis ?

— Vous vous trompez sur les intentions de Miss McCarthery, chef... Elle est là pour vous soigner.

— Après avoir raté son coup ! Car elle m'aurait tué, Sam ? Vous entendez ? Elle m'aurait tué avec sa bande d'énergumènes ! Cette fois, j'ai le motif et je vais téléphoner à Perth pour avoir des renforts en vue de mater la rébellion et de rétablir l'ordre public, sans compter des arrestations pour voies de fait sur un policier et invasion des locaux administratifs dans l'intention illégale de libérer un prisonnier ! On va se régaler, Sam !

Secouant la tête, Imogène remarqua :

— Votre cas me paraît désespéré, Archie. Vous ne changerez jamais ! Vous n'aviez pas le droit d'appréhender Mr Fettercairn et il est heureux pour vous que Sam l'ait libéré.

— Je n'ai pas besoin qu'une espèce de tordue se donne la peine de m'apprendre mon métier ! Vous estimez que me frapper n'est pas un acte qui mérite l'emprisonnement immédiat ? Et puis...

Il s'arrêta d'un coup, comme si quelque chose lui revenait en mémoire.

— Tyler ! Qu'est-ce qu'elle a dit ? Vous avez libéré mon agresseur ! Un criminel en fuite !

— Pour vous protéger, chef !

— Me protéger, hein ? Avouez plutôt que vous étiez heureux de contrecarrer mes projets ! Une fois de plus, vous vous êtes fait le complice de cette damnée rouquine !

Imogène siffla entre ses lèvres serrées :

— Continuez sur ce ton, Archibald McClostaugh et la damnée rouquine vous apprendra la politesse avec...

— Avec cette chaussure que vous tenez à la main, Miss ? Croyez-vous que ce soit là une bonne méthode ?

L'inspecteur Laggan, du seuil de la chambre, contemplait le curieux spectacle. Avant que les autres n'aient ouvert la bouche, Laggan ajouta :

— Je ne vous félicite pas, sergent, pour l'ordre qui règne dans vos bureaux pas plus que je n'approuve cette réunion intime dans votre chambre alors qu'il n'y a personne en bas pour recevoir les visiteurs.

La remarque d'Alister déclencha un mascaret de réponses. Perdu dans ce flot de paroles, il pensa comprendre que la révolution grondait dans Callander, où l'on s'apprêtait à une sorte de St-Barthélemy de ceux qui n'avaient pas eu la chance de naître dans les Highlands, que ces révolutionnaires s'en prenaient à Sa Majesté la Reine dans la personne du sergent McClostaugh, que Fettercairn l'assassin s'était sauvagement attaqué audit sergent, que la partie la plus sordide de la population, menée par cette pétroleuse d'Imogène McCarthery, s'était ruée à l'assaut du poste de police piétinant celui qui incarnait la loi pour libérer un criminel, et que le constable Tyler, trahissant son uniforme et son devoir, avait hypocritement remis en liberté, un prisonnier. Lorsqu'à bout de souffle, Archibald se tut, l'inspecteur rétorqua :

— Vous n'aviez pas à arrêter ce garçon !

— Il m'avait frappé !

— Je sais. Mr McPuntish m'a mis au courant de votre querelle, qui succédait à celle que vous aviez cherchée à l'honorable propriétaire du *Cygne Noir*. Vous ne commettez que des gaffes, sergent, et ce sont vos sottises qui irritent la population au point de lui faire perdre le sens de la mesure. Vous ne pouvez plus rester à Callander, McClostaugh, et je vous mettrais immédiatement à pied si je n'avais pas besoin de vous pour retrouver Mr Fettercairn qui s'est sauvé en m'apercevant au *Cygne Noir* où je l'attendais.

Imogène protesta :

— Pourquoi se serait-il sauvé à votre vue, inspecteur ?

— Parce qu'il est vraisemblablement le meurtrier de Moira Skateraw, Miss. Puis-je me permettre de vous raccompagner chez vous ?

***

L'inspecteur mettant une évidente mauvaise volonté à répondre à ses questions touchant Fettercairn, Miss McCarthery changea son fusil d'épaule et prononça un véritable plaidoyer en faveur du sergent McClostaugh. Elle convint qu'il était nettement plus bête qu'il n'était permis, qu'il accumulait les sottises, mais qu'enfin on y était habitué à Callander et que son départ risquait de livrer une partie de la population à un remords qui ne finirait point. Laggan, surpris et un peu énervé, répliqua sèchement :

— Décidément, Miss, je ne vous comprends pas ! Les autres pas plus que vous d'ailleurs ! vous passez votre temps à vous injurier, quelquefois à vous battre avec McClostaugh et lorsque je vous propose de vous en débarrasser, vous prenez sa défense !

— Je conviens, inspecteur, que notre attitude peut paraître étrange, mais vous devez admettre que McClostaugh fait partie de notre décor quotidien... Il me semble que si, un jour, je n'apercevais plus sa gigantesque silhouette dans la Grande-Rue j'en serais bouleversée... A mon âge, Mr Laggan, on ne se défait pas facilement de ses habitudes et Archibald est devenu, pour moi, une habitude...

— Pour vous, peut-être, mais pour les autres ?

— Il en est de même... Tenez, quand Archie tombe malade... Vous savez qu'il est vieux garçon... Eh bien ! chacun s'ingénie à lui apporter, par l'intermédiaire de Tyler, tout ce qui peut l'aider à guérir au plus vite... Ni d'un côté ni de l'autre, on ne voudrait admettre qu'on s'intéresse au camp d'en face et pourtant... Vous savez, inspecteur, que nous autres Highlanders vivons à notre façon dans la réalité... On lui ajoute le piment qui lui manque.

Alister la regarda en souriant :

— Autrement dit, vous êtes tous un peu fous ?

— Peut-être, mais c'est une folie généreuse, Mr Laggan, qui nous porte toujours à défendre les opprimés et à combattre l'injustice ! c'est la raison pour laquelle nous avons pris fait et cause pour Dougal Fettercairn !

— Vous n'admettez jamais que vous puissiez vous tromper ?

— Rarement, en tout cas... Inspecteur, pourquoi vous acharnez-vous contre ce malheureux Dougal ?

Pousser la porte du jardin de Miss McCarthery évita au policier de répondre.

Sitôt que les arrivants eurent franchi le seuil du living-room, Rosemary se précipita, les bras au ciel.

— Miss Imogène ! il paraît que vous en avez encore fait de...

Mais les mots expirèrent sur ses lèvres à la vue d'Alister qu'elle se contenta de saluer avant de se retirer, un peu honteuse et s'en voulant de sa maladresse. Imogène ne tarda pas à offrir le verre de l'amitié à son hôte qui ne fit point de façon pour l'accepter. Miss McCarthery avait son idée. Elle voulait attendre que la douceur du home ait agi sur le policier pour l'attaquer brusquement, sur l'homme qu'elle protégeait. Ce dont l'Ecossaise ne se doutait pas, c'est que Laggan avait parfaitement compris son plan. Après la première tournée, la vieille fille déclencha son offensive :

— Inspecteur, je ne croirai jamais à la culpabilité de Dougal Fettercairn !

— C'est que vous laissez la passion l'emporter sur votre jugement.

— Allons donc ! vous-même vous n'y croyez pas totalement !

— A quoi voyez-vous ça, Miss ?

— Si vous étiez convaincu que Fettercairn est un criminel en fuite, vous n'auriez pas confié au seul pauvre McClostaugh le soin de le retrouver !

— A moins que je sache où il s'est réfugié.

— J'ai le sentiment que vous bluffez sans que je puisse deviner le but de votre bluff ?

Sans bouger, Laggan appela :

— Mrs Elroy ?

Rosemary qui, naturellement, écoutait derrière la porte, s'avança :

— Vous désirez, Sir ?

— Veuillez dire, je vous prie, à Fettercairn qu'il ferait mieux de sortir de sa cachette. Il serait temps que nous ayons une conversation lui et moi.

La servante voulut protester mais un sec :

— Dépêchez-vous, Mrs Elroy, s'il vous plaît !

Et la bonne femme disparut. Imogène qui avait entendu ce court dialogue en n'y comprenant rien du tout, exigea des explications.

— Inspecteur ! qu'est-ce que Rosemary a à faire dans cette histoire ?

— Miss McCarthery, il n'était nul besoin d'être devin pour supposer que Fettercairn ayant stupidement choisi de me fuir, se réfugierait chez la seule personne qui, à Callander, lui avait vraiment témoigné de l'amitié et promis sa protection.

— Vous voulez dire qu'il est ici ? chez moi ?

— Je pense que Mrs Elroy ne lui a pas refusé l'abri qu'il implorait, afin de ne pas vous déplaire.

— Mais Rosemary n'aime pas du tout Dougal !

Laggan sourit :

— Seulement, elle vous aime et sa tendresse pour vous dépasse son animosité envers notre fugitif.

Pour cacher son émotion, Imogène se hâta de boire une bonne rasade de whisky et cela au moment où Fettercairn, assez penaud, pénétrait dans la pièce, suivi de Rosemary. Le policier, sans manifester le moindre sentiment, dit d'un ton posé :

— Asseyez-vous, Mr Fettercairn.

Lorsque le jeune homme eut obéi, il s'enquit :

— Pourquoi vous êtes-vous sauvé, mon garçon ?

— Je ne sais pas.

— Je ne vous crois pas.

— Mais..

— Vous vous êtes sauvé parce que vous êtes le meurtrier de Moira Skateraw.

— Je vous jure que...

Laggan leva la main pour endiguer les protestations de son interlocuteur.

— Je ne peux plus ajouter foi à vos dires, Mr Fettercairn, car vous ne cessez de mentir.

— Je vous affirme...

— Non, Mr Fettercairn ! Pour quelles raisons m'avez-vous, assez sottement, assuré que vous travaillez à la banque Moorfoot ?

— Je... je ne sais pas.

— Vous le savez parfaitement, Mr Fettercairn. En vérité, vous occupez un poste à la Barclay où Mrs Skateraw a sa fortune... Avant de la rencontrer par hasard, au Jardin botanique d'Aberdeen, vous n'ignoriez pas qui elle était. C'est pour la voir que vous vous êtes rendu à Aberdeen... Il paraît que cette jeune femme confiait volontiers ses déceptions matrimoniales à qui voulait les entendre et je suppose qu'un ou une de vos collègues vous a rapporté les confidences de Mrs Skateraw. Alors, vous avez décidé d'entreprendre sa conquête et celle de son compte en banque. Est-ce que je me trompe ?

— Totalement.

— Je serais heureux que vous me le démontriez.

— Quoi que vous vous figuriez, inspecteur, ce n'est pas pour son argent que j'aimais Moira... Si je ne vous ai pas révélé que je travaillais à la

Barclay, c'est que justement, je craignais que vous n'alliez tout de suite à la conclusion à laquelle vous êtes, quand même, arrivé. C'est bien par hasard, inspecteur, que j'ai rencontré Moira et si j'ai eu l'audace de l'aborder, c'est que justement je la savais malheureuse en ménage... Enfin, il y a une question que vous pourriez vous posez, il me semble : pour quelle raison l'aurais-je tuée ? Que gagnais-je à sa mort ? Elle ne m'a pas fait son héritier, je suppose ?

— Non, c'est son mari.

— Alors...

— J'ai appris que Mrs Skateraw avait retiré une très grosse somme au cours de ces dernières semaines. Où est passé cet argent ? Son mari assure qu'il n'en a pas vu la couleur ?

Amer, Fettercairn remarqua :

— Lui, vous le croyez... Ecoutez, inspecteur, si le criminel n'est pas toujours celui à qui le crime profite, c'est encore moins celui à qui le crime ne rapporte rien ! J'imagine que vous avez dû mener une enquête sur mon compte ? On ne vous a sûrement pas dit que je menais une existence dissolue ou que j'avais une maîtresse. Je veux arriver, inspecteur, et ne devoir ma réussite qu'à mes seuls efforts !

— Vous courtisiez cependant une femme riche.

— Et puis après ? Pourquoi sa fortune aurait-elle été un obstacle entre elle et moi ? Nous n'avons jamais abordé ce sujet avec Moira.

— Dois-je entendre que cet argent vous était indifférent ? que vous l'auriez refusé, le cas échéant ?

— Indifférent ? oui. Le refuser pour m'aider à sortir de la foule et au cas où Moira me l'eût proposé ? non. Or, sa disparition ne m'avantage pas, au contraire... Maintenant, tant que vous n'aurez pas arrêté le vrai meurtrier, le doute et la méfiance me suivront partout.

Imogène, profondément convaincue que Dougal exprimait la vérité, s'en prit à Laggan.

— Je ne comprends pas, inspecteur, que vous vous acharniez après ce garçon et que vous refusiez d'envisager la culpabilité du mari que la mort de sa femme rend riche !

— Parce que Skateraw se trouvait à Liverpool tandis qu'on assassinait son épouse.

— C'est faux !

— Les employés de l'hôtel où il était descendu et les organisateurs du meeting auquel il participait m'ont assuré qu'il ne s'était pas absenté.

— Ils ont menti !

— Dans quel but ?

— Je l'ignore, mais ils ont menti puisque je l'ai vu, de mes yeux vu, peu de temps avant la mort de sa femme !

— Je ne puis vous croire, Miss.

— Comme vous voudrez, mais si vous supposez que je laisserai triompher l'injustice, vous vous trompez !

— Vous voilà remontée sur vos grands chevaux !

— Je ne puis supporter qu'on accable les innocents et qu'on laisse les coupables en repos.

Alister soupira :

— Tout serait si simple et si facile, Miss, si l'on vous écoutait...

Il se leva.

— Merci pour le whisky. Je rentre à Perth. Mr Fettercairn, je ne vous arrête pas, parce que je n'ai pu réunir les preuves nécessaires à votre inculpation. Soyez persuadé, cependant, que je ne m'avoue pas vaincu. Je ne lâche pas facilement prise. Je suis très patient. Je vous conseille de revenir au plus tôt à Edinburg et de n'en point partir sans notre permission. Je ne vous dis pas adieu car je suis sûr que nous nous retrouverons bientôt... Au revoir à vous aussi, Miss McCarthery... J'espère qu'à notre prochaine rencontre, le problème sera élucidé. A propos, vous ne voulez toujours pas m'apprendre l'objet de la visite nocturne de Mr Fettercairn ?

— Il m'apportait un message de Moira.

— Vous l'avez gardé ?

— Non.

— Dommage... Que vous annonçait ce message ?

— Ainsi que je vous l'avais dit, depuis qu'elle avait aperçu son mari, Moira avait peur... Elle me demandait, au cas où il arriverait malheur, de... de veiller sur Mr Fettercairn.

Imogène ne croyait pas mentir. Simplement, elle interprétait la confiance que lui avait témoignée Moira en lui envoyant ses bijoux.

— Il est vraiment regrettable que vous ayez détruit cette lettre.

— Vous ne me croyez pas ?

— Excusez-moi... Pas tout à fait !

A son tour, la vieille fille se dressa.

— A votre guise, inspecteur ! Mais moi qui n'ai pas de préjugés, je vais me battre pour vous prouver que vous vous trompez et que Keith Skateraw se trouvait bien ici le soir où sa femme est morte !

Laggan s'inclina :

— Je ne doute pas de votre énergie, Miss, et comme je suis beau joueur, je vous remets deux photos de Skateraw afin de vous aider dans vos recherches.

⁂

Lorsque le policier les eut quittés, Fettercairn prit la main d'Imogène.

— Je n'oublierai jamais ce que vous avez fait, ce que vous faites, ce que vous ferez pour moi, Miss.

— Je le fais surtout — pardonnez-moi — pour Moira. En vous défendant, je défends son amour. Elle vous aimait plus que tout au monde, Dougal Fettercairn, ne l'oubliez pas à votre tour. Si Skateraw est son meurtrier, je n'aurai pas de répit que je ne l'aie entendu condamné à la potence ou à la prison à vie. Rentrez à Edinburgh. Essayez de vivre comme avant et comptez sur moi pour le reste.

Miss McCarthery n'eut pas le temps de retirer sa main avant que le jeune homme ne l'ait embrassée.

⁂

Le sergent McClostaugh n'avait pas obéi aux ordres de l'inspecteur lui intimant de se mettre en campagne pour rechercher Fettercairn. La semonce qu'il avait publiquement subie et la perspective de quitter Callander pour se retrouver comme une vieille épave sur un rivage qu'il ne connaîtrait pas, lui avait sapé le moral. Assis à son bureau, les coudes sur son sous-main, il se tenait la tête et, les yeux clos, demeurait dans une espèce de torpeur dont Tyler n'avait pu l'arracher. De guerre lasse, le constable était sorti dans l'espoir qu'en son absence, il se produirait un événement susceptible de faire revenir son chef au sens de la réalité. Cet événement fut l'entrée d'Imogène dans le poste de police où elle se sentait chez elle. Quand elle vit l'état dans lequel se trouvait le sergent, elle s'enquit gentiment :

— Ça ne va pas, Archie ?

Sur McClostaugh, la voix de Miss McCarthery produisait un effet que le plus fort révulsif n'aurait pu produire. Il sursauta et découvrant l'Ecossaise devant lui, râla presque :

— Vous... Encore vous...

Dans son regard quasi vitreux s'alluma une mauvaise lueur. Inconsciente du danger, la vieille fille poursuivait :

— Il ne faut pas vous mettre dans des états pareils, Archie !

Sans répondre, McClostaugh ouvrit son tiroir, en sortit l'énorme revolver qui n'avait jamais servi et le braquant sur sa visiteuse :

— Je me fiche d'être pendu !... Je me fiche d'être envoyé en exil... ! Mais je ne laisserai pas une créature de votre acabit derrière moi !

— Vous savez bien que vous ne m'abandonnerez pas, Archie.

— Quoi ?

— De quelle façon vous y prendriez-vous pour vivre sans moi ?

— De cette façon !

Et Archibald McClostaugh, sergent dans la police de Sa Majesté, s'oublia au point d'appuyer sur la gâchette de son arme dans une intention nettement homicide. Le coup de feu, tiré par cette arme qui datait du temps de la Guerre des Boers, fit un bruit fantastique dont l'écho se perçut à plus de cinq cents mètres à la ronde. Des gens sortirent sur le pas de leur porte, levèrent le nez pour tenter de voir l'appareil à réaction qui venait de franchir le mur du son et, furieux, tendirent le poing vers le ciel vide. Mais Dieu qui aime bien les Ecossais et plus particulièrement les Highlanders, s'arrangea pour que la balle passât un bon mètre au-dessus de la tête de la fille aux cheveux rouges et qu'elle s'en fut faire éclater le nez de la reine du Royaume-Uni qui, de son regard de plâtre, veillait sur le poste de police. Ramené à une claire conscience de ses actes par la déflagration et ses conséquences, Archibald, la bouche béante, l'œil rond, sombrait dans un abîme de honte, tandis qu'Imogène, essayant de dominer une panique rétrospective, disait d'une toute petite voix :

— Vous vous rendez compte, sergent McClostaugh, que vous venez de commettre un crime de lèse-majesté ?

Le policier tourna vers sa visiteuse un regard prodigieusement vide. Miss McCarthery murmura :

— Vous vouliez vraiment me tuer, Archie ?

Le policier n'avait pas l'air de comprendre et, un instant l'Ecossaise craignit que sa raison n'ait cédé. Obéissant à un élan de pitié, elle se leva, contourna le bureau et posa une main maternelle sur l'épaule de l'énorme gaillard.

— Reprenez-vous, Archie ! Nous avons encore un travail à mener à bien, vous et moi !

Le sergent eut un sanglot et gémit :

— Travailler ensemble ? J'aime mieux mourir... D'ailleurs, je n'ai plus rien à faire ici-bas, puisque je viens de déshonorer mon uniforme en m'étant laissé aller à un geste criminel, en détruisant l'effigie de ma souveraine, en étant chassé de Callander... Je sais que tout cela est arrivé par votre faute, Miss, mais un homme sur le point de mourir n'a plus de rancune au cœur... Je vous pardonne, miss McCarthery, et même je compte sur vous pour que ma dépouille soit enterrée à

Callander... Peut-être que ceux ne m'ayant pas accepté vivant, me toléreront-ils mort ?

Son moment d'attendrissement passé, Imogène retourna vite à son irascibilité coutumière.

— Avez-vous bientôt fini de proférer des insanités, McClostaugh ?

— Mais...

— Taisez-vous et écoutez-moi !

Elle revint se planter devant le policier, de l'autre côté du bureau.

— D'abord, vous n'avez jamais essayé de me tuer ! Sous l'effet de la colère — une colère absurde, d'ailleurs — vous avez appuyé sur la gâchette de votre arme. Ensuite, vous n'avez démoli que le buste en plâtre d'une usurpatrice, vous le remplacerez à vos frais si vous y tenez, sinon on s'en passera bien volontiers... Si vous étiez un Highlanders courageux, vous profiteriez de l'occasion pour substituer à ce buste une reproduction d'un portrait de notre souveraine légitime, Marie Stuart, mais je me doute qu'il ne faut pas trop vous en demander. Enfin, vous n'avez pas encore quitté Callander. J'ai plaidé votre cause auprès de l'inspecteur... Il m'a paru disposé à m'écouter, toutefois une action d'éclat de votre part faciliterait les choses.

Il la contempla, méfiant.

— Quel genre d'action d'éclat, Miss ?

— Par exemple, découvrir le meurtrier de Moira Skateraw.

— Mais votre Fettercairn est...

— Non ! Croyez-moi si je vous affirme que ce n'est pas lui, McClostaugh. Quelle que soit l'opinion que vous avez de moi, je suis sûre que vous ne me jugez pas capable de protéger un criminel, n'est-ce pas ? J'ai vu le mari de Moira la nuit du crime, ce mari qui était supposé être à Liverpool ! je vous jure sur la tête de mon père, Archie, que je l'ai vue !

La gravité de ce serment troubla le sergent qui ne se rendit cependant pas du premier coup.

— Vous êtes la seule à l'avoir aperçu, Miss ?

— Non, Moira elle aussi connaissait sa présence à Callander... Réfléchissez, Archie, comment aurais-je reconnu Skateraw si sa femme ne me l'avait pas décrit et pourquoi me l'aurait-elle décrit si elle n'avait été sous le choc émotionnel de cette rencontre inattendue ?

McClostaugh était perplexe. Pour une fois, il devait convenir que le raisonnement de l'Ecossaise se tenait.

— Admettons... Qu'est-ce que vous désireriez que je fasse ?

— D'abord que vous m'accordiez votre appui, car je ne puis interroger certaines personnes qui m'enverraient promener, ce qu'ils n'oseront pas, avec vous.

Archibald se rengorgea et convint :

— Le fait est...

— Il faut que nous arrivions à dénicher d'autres gens qui auraient pu remarquer la présence de Skateraw la nuit du crime et si nous y parvenons, l'inspecteur sera dans l'obligation de modifier son opinion. L'existence d'un innocent est en jeu, McClostaugh, vous et moi ne devons plus penser qu'à cela ! J'ajoute que si nous réussissons, la population de notre petite ville vous en aura de la gratitude et ne supportera pas l'idée de votre éventuel départ.

Le policier hésita un instant, puis avoua :

— J'ai sans doute été un peu dur avec Mr Fettercairn.

D'un ton empreint de noblesse, Miss McCarthery s'écria :

— Cette phrase vous honore Archibald McClostaugh. Un Highlander ne se serait pas exprimé autrement !

Elle lui tendit une main que le sergent saisit.

— Je vous retrouverai ce soir au *Fier Highlander*, Archie, pour montrer à tous que nous sommes devenus amis et pour établir notre plan de campagne. A ce soir, Archie.

— A ce soir, Miss.

Imogène s'apprêtait à franchir le seuil du poste de police lorsque McClostaugh la rappela.

— Miss ?

— Oui ?

— C'est vous qui paierez la tournée, n'est-ce pas ?

Attendrie, l'Ecossaise secoua gentiment la tête.

— Ma parole, vous êtes devenu un vrai Highlander, Archie !

***

Devant Rosemary déconcertée, Imogène passa le reste de la journée à tenir des propos que la vieille femme jugeait incohérents. Empêchant sa gouvernante de vaquer aux soins du ménage, Miss McCarthery tenait à l'avoir pour auditrice. Fonçant de long en large dans le living-room, elle plaidait la cause de Fettercairn, les droits imprescriptibles de l'amour, la félonie de Skateraw ayant choisi la plus lâche des vengeances. Elle invoquait les Highlanders des temps passés et les sommait de servir de témoins à la pauvre Moira qui les avait rejoints. Elle dénonçait l'entêtement de l'inspecteur Laggan qui, comme la plupart des policiers, se montrait toujours partisan des solutions faciles. Elle ne s'arrêtait pas et son éloquence abrutissait Rosemary qui profita d'une courte absence de sa maîtresse pour aller vérifier dans le coffre aux alcools, si le niveau de la bouteille de whisky n'avait pas trop baissé.

Vers cinq heures, Imogène à bout de souffle, épuisé par sa propre véhémence, monta s'étendre quelques instants sur son lit et Rosemary, enfin libérée, retourna à sa cuisine, inquiète. Elle craignait que son vieux « baby » ne tint de son père cette propension aux discours née d'une commune passion pour le whisky. Mrs Elroy était persuadée que seul le mariage aurait pu arrêter Imogène sur la pente où elle se laissait glisser. Il ne lui venait pas à l'idée que son nourrisson d'autrefois avait, aujourd'hui, nettement dépassé l'âge de convoler.

A six heures, Miss McCarthery fit une entrée remarquée au *Fier Highlander* en compagnie du sergent McClostaugh. Boolitt et les consommateurs ne surent pas, sur le moment, quelle attitude adopter. Imogène mit fin aux hésitations en déclarant :

— Mon ami Archibald et moi avons décidé d'unir nos efforts pour prouver l'innocence de Mr Fettercairn sur lequel la police officielle s'acharne injustement.

Cette affirmation ne suscita pas l'enthousiasme escompté et l'Ecossaise dut ajouter :

— L'inspecteur Laggan a l'intention de déplacer McClostaugh et je suis certaine que vous penserez, comme je le pense, qu'aimant à régler nos affaires nous-mêmes, nous ne pouvons admettre que des étrangers nous disent qui peut ou ne peut pas vivre chez nous !

Dès l'instant qu'il s'agissait de proclamer l'indépendance de Callander, tout le monde était d'accord et chacun promit d'agir de son mieux pour aider Miss McCarthery et le sergent McClostaugh dans leur entreprise généreuse. Imogène vainquit les dernières résistances en offrant une tournée. Boolitt ne voulut pas rester en reste, ni Fergus McIntyre pas plus que William McGrew. Archibald, en dépit de sa passion pour l'économie, se vit dans l'obligation de suivre le mouvement pour ne point soulever les suspicions les plus légitimes quant à sa sincérité. Le résultat de ces générosités multipliées fut que vers sept heures, au *Fier Highlander* régnait une atmosphère des plus optimistes. Lorsqu'ils furent tous arrivés à cet état d'euphorie où les difficultés disparaissent, les obstacles s'évanouissent, les impossibilités deviennent possibles, ils convinrent que tout pourrait être pour le mieux dans le meilleur des mondes, mais un monde qui reconnaîtrait, une fois pour toutes, la nette supériorité des Highlanders, et plus particulièrement celle des habitants de Callander. On résolut, dans l'enthousiasme, de se transformer en limier et chacun jura d'interroger n'importe qui n'importe où, pour essayer de déceler s'il y avait trace de ce Skateraw dans la mémoire des gens. On porta un toast à la réussite de projets ayant pour objet de voler au secours de l'innocence et l'on s'admira mutuellement de témoigner de tant de grandeur d'âme. Légèrement éméché, McClostaugh pleura sur l'épaule de Boolitt en lui jurant qu'il n'avait jamais nourri la moindre mauvaise intention à l'égard de sa femme. Le patron du *Fier Highlander* tapota amicalement le dos du sergent.

— Je sais, mon vieux, je sais... Une simple plaisanterie de ma part pour me venger de Mrs Boolitt...

— Et puis, hein, Ted, pour avoir des visées sur

votre malheureuse épouse qui ressemble à tout sauf à une femme, il faudrait être un pervers, pas vrai ?

Il y avait des limites à ne pas dépasser et quel que fût l'opinion de Ted sur sa femme, il n'entendait pas qu'en public, on se permit des remarques qui blessaient son amour-propre. Il écarta le policier de lui et le tenant par le devant de sa tunique, il questionna :

— Mr McClostaugh, je vous serais obligé de préciser votre pensée.

Archibald eut un rire idiot.

— Ma pensée, Mr Boolitt ? c'est tout simplement que Mrs Boolitt pourrait même pas servir en qualité d'épouvantail à moineaux.

— Vraiment ?

— Vraiment ! Voyons, Mr Boolitt, avez-vous jamais vu...

Sèchement, Boolitt interrompit son interlocuteur.

— Ce que j'ai vu ou pas vu ne vous regarde pas, Mr McClostaugh ! Par contre, moi, je peux vous montrer quelque chose que vous n'avez jamais vu ?

— Et quoi donc ?

— Ça.

Le poing droit de Ted atteignit le menton du sergent avec une violence telle que celui-ci tituba sur place, exécuta deux tours sur lui-même du plus joli effet avant de s'écrouler aux pieds d'Imogène indignée.

— Ted Boolitt, c'est ainsi que vous respectez nos engagements ?

Assez penaud, le patron s'excusa.

— Que voulez-vous, il m'énerve, Miss !

— Ce n'ai pas une raison !

— Je vous prie de me pardonner, Miss.

Et pour bien montrer la sincérité de son repentir, Boolitt s'agenouilla auprès de McClostaugh et lui entonna une bouteille de pur malt qu'il vit couler avec un tel serrement de cœur qu'il ne put s'empêcher de constater :

— Il y en a vraiment qui doivent avoir la gorge en papier buvard et l'estomac comme une éponge...

Soumis à ce régime de luxe, Archibald revint assez rapidement à lui et faillit pleurer en constatant qu'il avait ingurgité un aussi précieux liquide dans un état d'inconscience. Pour achever sa pénitence, Ted dut laisser le policier savourer ce qu'il restait dans la bouteille et quand il retourna à son comptoir, il confia à McGrew que jamais des excuses ne lui avaient coûté aussi cher. On convainquit McClostaugh qu'il avait glissé et s'était frappé le menton contre l'angle d'une table et tout s'acheva dans une réconciliation générale. Avant que la compagnie ne se séparât, Miss McCarthery crut bon de s'inquiéter de Mrs Boolitt dont l'absence l'intriguait. Le mari répondit que sa femme gardait le lit.

— Elle est malade ?

— Pas précisément... Elle se sent plutôt mal en point.

— A la suite de quoi ?

— D'une explication que nous avons eue tous les deux.

***

Au cours des jours qui suivirent, on vit des gens — que certains avaient jusqu'ici tenus pour raisonnables — s'égayer dans Callander, interrogeant celui-ci, questionnant celui-là pour savoir s'ils avaient eu l'occasion d'apercevoir un grand type au nez en bec d'aigle surmontant une moustache noire. Les uns répondaient aimablement, les autres envoyaient promener les questionneurs — sauf quand il s'agissait de McClostaugh ou de Tyler — si bien que cette enquête menée au nom de la justice se terminait parfois dans de fameux pugilats et des réconciliations dont le commerce de Ted Boolitt ne se trouvait pas mal du tout. Les trois veuves, de leur côté, parcouraient la ville en tous sens pour affirmer que l'agitation était due à Imogène McCarthery, cette fille sans pudeur qui, pour arracher celui qu'elle aimait au bourreau, remuait ciel et terre. Elles ajoutaient, sans avoir l'air d'insister, qu'elles étaient surprises de constater que des hommes aussi respectables que les gentlemen de la police de Callander puissent se mettre au service de cette demi-folle chez qui le whisky avait dû causer de sérieuses lésions cérébrales.

***

Quoique ce soir-là, sur le Turnhouse Airport, à l'ouest d'Edinburg, on attendît la venue d'un ministre du Commonwealth qui se proposait d'étudier les différentes sortes de whisky de première qualité que fournissaient les Highlands, l'arrivée d'Imogène détourna l'attention générale. D'abord, quand elle descendit de son taxi, vêtue à l'écossaise de la tête aux pieds, il y eut un moment de surprise et les officiels se demandèrent avec inquiétude si cette surprenante créature était déléguée par un groupe folklorique à moins qu'elle ne soit envoyée pour manifester en faveur ou contre la politique du pays dont on s'apprêtait à accueillir le représentant. Ensuite, quand elle commença à se disputer avec le chauffeur qui l'avait amenée sous prétexte que trouvant le montant de la course positivement scandaleux, elle refusait de donner le moindre pourboire. Les cris montèrent de part et d'autre et dans l'échange des invectives, Miss McCarthery se créa un joli succès. Un public intéressé appréciait à leur juste valeur les injures que les deux protagonistes se jetaient à la tête. Pourtant, Hugh Croe, le conducteur du taxi, était réputé pour avoir la langue bien pendue. Il tint parfaitement sa partie jusqu'au moment où il s'entendit accuser d'être à l'origine du torpillage du cuirassé *Royal Oak* dans la baie de Scapa Flow en 1939. Alors, Hugh perdit les pédales et au lieu de ricaner, il voulut se justifier :

— En 1939 ? j'avais dix ans !

Imogène fit entendre son fameux hennissement chevalin avant de crier :

— Piètre excuse !

Le chauffeur en perdit l'usage de la parole et l'héroïne de Callander en profita pour prendre à témoin une assistance enthousiasmée qui se mit à la seconder contre le « traître » ! Ce dernier, livide, descendit de son siège, ôta sa veste et n'osant pas boxer une femme, s'en prit à celui qui se trouvait le plus proche de lui. Bientôt la bagarre dégénéra et l'on se mit à se cogner dessus sans savoir pourquoi, pendant qu'Imogène se retirait. Le chef du protocole de la cérémonie de réception, croyant à une émeute, expédia des forces de polices, et fit signe à l'officier commandant la musique de faire jouer ses hommes pour calmer les esprits et sauvegarder la dignité du moment. Mais les musiciens, tout entiers à ce qu'il se passait pas très loin d'eux entamèrent les uns le *God Save the King* tandis que les autres attaquaient l'hymne du pays dont le visiteur était le représentant. Ce fut une extraordinaire cacophonie où chacun s'entêtant dans son bon droit, ne voulut pas céder une mesure. Le ministre du Commonwealth arriva sur ces entrefaites et surpris, puis vexé, s'enquit auprès du gentleman l'accueillant, s'il devait considérer cette réception comme une marque de discrimination raciale à son endroit.

***

A Callander, la population entière frisait la crise nerveuse, tant les enquêteurs officiels et bénévoles vous harcelaient. Chacun avait sa méthode, d'ailleurs. Tyler donnait à ses interrogatoires la forme d'une amicale conversation et parce qu'il était d'un naturel paisible, on l'envoyait aux cerises sans y mettre trop de formes. McGrew procédait de façon plus pateline. Quand on lui répondait qu'on n'avait jamais aperçu d'étranger au nez crochu et à moustache noire et que de plus, on s'en fichait, il encaissait les rebuffades sans broncher, mais disait doucement :

— Dommage que vous ne soyez pas plus coopératif, Mr Ahcray ou Mrs Pitlochry ou encore cher vieux Bave ou chère Miss Lynwilg, parce que c'est moi qui vous servirai lorsque vous viendrez à l'épicerie.

Cette remarque, apparemment anodine, traumatisait celui ou celle à qui elle était adressée, car elle sous-entendait que les meilleurs produits manqueraient toujours et que dans les conversations incessantes tenues dans le magasin des McGrew, votre réputation en prendrait un sérieux coup.

Fergus McIntyre, quand on le rembarrait, déclarait que cette saison, il ne faudrait pas espérer lui voir fermer les yeux sur les délits de pêche et Dieu sait que les délits possibles se révélaient nombreux et qu'un garde tatillon pouvait vous gâter votre plaisir au point de vous dégoûter de votre délassement favori.

Ted Boolitt clamait partout que cette enquête lui permettait enfin de connaître ses vrais amis, ceux à qui il réservait son meilleur whisky et auxquels il consentirait les plus larges crédits. Tant et si bien que quelques heures après le début des investigations, ce n'était pas un, mais des centaines d'hommes à nez courbe et à moustache noire qu'on avait aperçu rôdant dans tous les coins de Callander.

Toutefois, et parce que le hasard aime parfois à respecter la logique, il appartenait au sergent McClostaugh d'apporter la révélation que ses amis et lui-même attendaient dans une impatience fébrile. Après avoir subi un certain nombre d'échecs qui l'avaient mis d'une humeur épouvantable, Archibald passa devant la maisonnette qu'occupait Ted Truro et sa femme Elspeth. Ted était employé au chemin de fer et possédait comme caractère essentiel de pouvoir boire presque autant de whisky qu'Archibald lui-même. Seuls, ses maigres revenus mettaient un frein à une soif inextinguible : Archibald n'était pas particulièrement lié avec les Truro et s'il pénétra chez eux, ce fut, sans doute, que la main du Seigneur le poussait à la seule fin que les purs ne souffrent plus et que les méchants soient punis, ainsi qu'il est promis dans les Livres.

Truro buvait mélancoliquement une tasse de thé sous le regard sévère de son épouse lorsque McClostaugh entra. Après les salutations d'usage on l'invita à s'asseoir et on lui offrit de partager le thé du maître de maison. Timide, le policier s'enquit :

— Chère Mrs Truro, vous... vous n'auriez rien de... enfin de plus fortifiant ?

— Non !

L'espoir qui, un instant, avait lui dans le regard de Truro, s'éteignit, pendant que la mauvaise humeur d'Archibald se renforçait.

— J'étais venu vous demander si vous n'aviez pas remarqué, ces jours derniers, un type maigre, étranger au pays, avec un nez courbe et une moustache noire, mais naturellement, vous témoignez d'une aussi mauvaise volonté que les autres ! Ecoutez-moi, Ted Truro, si jamais...

— Et si vous me laissiez placer un mot, McClostaugh ?

— Pour dire quoi ?

— Que je l'ai vu votre bonhomme et que je ne suis pas près de l'oublier !

Avec une magnifique inconscience, le sergent s'écria :

— Allez-vous parler, tonnerre de Dieu !

— Votre type est arrivé par le train de cinq heures et sous prétexte qu'étant occupé ailleurs, je n'ai pu recevoir son billet tout de suite, il m'a engueulé en m'assurant que chez lui, à Aberdeen, on me flanquerait à la porte pour un tel manquement au règlement.

Le policier, étranglé par l'émotion, réclama des assurances.

— Truro, mon vieux, vous êtes sûr qu'il a parlé d'Aberdeen ?

— Et comment !

— Vous en jureriez sur la Bible ?

— Avec le salut éternel ou l'enfer en prime !

— Attention, Truro, pesez bien vos paroles avant de me répondre. Quand avez-vous vu ce type ?

— Attendez... Je remplaçais Jim Mallaig qui s'était foulé la cheville... ma foi, oui, c'était le jour où l'on a étranglé cette pauvre femme au *Cygne Noir.*

En quittant les Truro, le sergent Archibald McClostaugh estimait qu'il était sans aucun doute, un des meilleurs policiers du Royaume-Uni.

***

Les chauffeurs de taxis d'Edinburgh s'étaient divisés en deux clans : ceux qui avaient décidé de fuir Imogène sitôt qu'ils apercevaient sa pittoresque silhouette et ceux qui lui savaient gré d'avoir cloué le bec à ce vantard de Hugh Croe. A l'aéroport, les premiers, même s'ils avaient attendu en stationnement, démarraient sitôt que Miss McCarthery se montrait sur leur horizon. Les seconds lui présentaient des offres de service. Imogène avait un grand besoin de réconfort, car elle avait complètement échoué dans son enquête, tous les employés interrogés lui ayant répondu qu'ils n'avaient pas plus le temps de distinguer tel ou tel individu dans le flot des voyageurs débarquant ou embarquant, que de répondre à des questions que les mieux élevés qualifiaient d'inutiles et les autres de stupides.

Démoralisée par son échec, la fille du capitaine McCarthery monta dans le premier taxi qui se présenta à elle. Elle eut la chance qu'il fût conduit par Brett Bothwell le plus joyeux farceur de la corporation, qui oublia de pousser la vitre le séparant de sa cliente.

— Alors, Miss, comment jugez-vous notre ville ?

— Je n'ai pas le cœur d'y réfléchir.

— De gros ennuis, Miss ?

En d'autres temps, Imogène eut prié le personnage de se mêler de ses affaires, mais elle était dans cet instant dépressif qui suit la mort d'une grande espérance. Elle avait pensé de bonne foi qu'elle réussirait mieux que la police soupçonnée de ne pas mettre l'énergie nécessaire dans les tâches auxquelles elle ne croyait pas. L'Ecosssaise était assez abattue pour accepter toutes les consolations, pour s'épancher dans la première oreille complaisante.

— Je cherchais quelqu'un... ou plutôt, je voulais retrouver sa trace à l'aéroport mais personne ne semble l'avoir vu...

— Quelqu'un qui vous tient à cœur, Miss ?

— Quelqu'un que je voudrais faire pendre.

— Simplement ?

— Simplement.

Bien sûr, Bothwell était persuadé de trimballer une piquée. Il se rappela alors que son vieil ennemi Nel Winthill gardait la chambre sous prétexte d'un rhume qui n'était, en vérité, que la suite d'une monstrueuse cuite consécutive à la victoire du Celtique, équipe de football envers laquelle il nourrissait une admiration particulière depuis sa plus tendre enfance. Il se mit à rire à l'idée de la tête que ferait Nel en voyant apparaître cette bonne femme. Il était capable de se jeter par la fenêtre s'il n'était pas complètement dessoûlé.

— Miss... Je pense tout d'un coup qu'il y a un de mes collègues qui pourrait peut-être vous renseigner.

Le cœur d'Imogène se mit à battre plus vite.

— Vraiment ?

— Nel Winthill est un habitué de l'aéroport.

Pourquoi n'aurait-il pas chargé votre homme ? A mon avis, ça vaudrait la peine de lui poser la question.

— Ramenez-moi vite à l'aéroport !

— Avec votre permission, Miss, c'est chez lui que je vais vous emmener. Il garde la chambre depuis deux jours. Il prétend qu'il est malade. A mon avis, il ment car il est feignant comme un Anglais... Oh ! je vous prie de m'excuser... Vous n'êtes pas anglaise, j'espère, Miss ?

— Ne soyez pas grossier, jeune homme !

Lorsque devant la demeure de Nel Winthill, Bothwell se fit régler le prix de la course, il refusa le pourboire qu'Imogène se croyait obligée de lui donner pour le remercier de son aide.

— Miss, je tiens pour un honneur de vous avoir transportée dans ma voiture et cet honneur me paie largement.

Emue Miss McCarthery montant l'escalier qui menait à l'appartement de Nel Winthill, se disait qu'il y avait encore de braves garçons sur la vieille terre écossaise.

Celle qui lui ouvrit la porte semblait venir d'un autre monde. Jeune encore, mais l'air complètement épuisé. Ses longs cheveux jaunes qui lui descendaient un peu plus bas que les épaules auraient fait penser à une noyée, mais son visage marqué de meurtrissures révélait qu'elle venait de recevoir une fameuse râclée. Cependant, si Miss McCarthery marqua quelque étonnement à la vue de cette personne en piteux état, la femme parut médusée par l'apparition d'Imogène sur son seuil et dans l'incapacité d'articuler un mot.

— Mr Winthill, s'il vous plaît ?

— Qu'est-ce que vous lui voulez à ce salaud ?

— Je ne pense pas que ce gentleman soit votre mari ?

— A votre idée, quel autre homme que mon mari se serait permis de m'arranger comme ça ? quant au gentleman, laissez-moi rigoler !

Cette malheureuse qui parlait de rigoler fit une impression désagréable sur Imogène.

— Pourtant, il faudrait que je parle à Mr Winthill.

A cet instant, une voix cria :

— Qu'est-ce que c'est, Fiona ?

— Une dame qui désire vous voir.

— Amenez cette poupée !

Fiona introduisit la visiteuse et la poussant devant elle, la propulsa dans une petite salle à manger où un homme d'une quarantaine d'années mangeait une purée de pommes de terre qu'il arrosait de diverses sauces dans le vain espoir de lui donner un goût quelconque. Méchamment, Fiona siffla :

— La voilà votre poupée, Nel !

Winthill qui portait sa fourchette à sa bouche suspendit son geste et contempla Imogène sans parvenir à reprendre ses esprits. Quand il y réussit, il ne put que dire :

— Ça... alors ! Pour quelle association quêtez-vous, Madame ?

Imogène s'assit en face du rustaud.

— Mr Winthill, je suis une demoiselle et je ne quête pas.

— Qu'est-ce que vous venez foutre ici, dans ce cas ?

— Mr Winthill, je vous serais obligée de me parler sur un autre ton, sinon je vais me fâcher.

Nel s'esclaffa.

— Voilà la meilleure ! Vous entendez Fiona ? La demoiselle va se fâcher ! Miss, je ne sais pas comment, je serais curieux de voir de quelle façon ça se passe quand vous vous fâchez !

— Rien de plus facile, Mr Winthill.

Avant que l'autre n'ait pu prévoir son geste, elle empoigna le plat de purée de pommes de terre et en coiffa son vis-à-vis qui, incontinent, étouffé, quelque peu brûlé, se mit à hurler en se dandinant sur place. Transportée d'enthousiasme, Fiona en profita pour flanquer le coup de pied le plus sournois à son époux qui se mit à brailler de plus belle. Quand enfin, il se fut débarrassé du plat et de la purée qui lui engluait les yeux, il rugit :

— Vous, la toquée, ça va être votre fête !

Il ne put ajouter un mot. D'un geste vif, Miss McCarthery avait attrapé la théière et la fracassait sur le crâne de Nel Winthill qui s'écroula d'une pièce. Abasourdie, Fiona regarda son mari étalé sur le plancher, regarda Imogène et déclara d'un ton pénétré :

— Vous, au moins, on peut dire que vous êtes quelqu'un !

— C'est aussi mon avis, chère Madame. Maintenant, donnez-moi un coup de main et transportons-le sur son lit.

Nel était lourd et les deux complices eurent beaucoup de mal à l'installer confortablement. Le travail terminé, l'Ecossaise prit place dans la ruelle et surveilla son patient tout en gardant, à portée de la main, sa chaussure qu'elle avait discrètement enlevée, au cas où Mr Winthill aurait un réveil ombrageux.

En ouvrant les yeux, Nel, considéra les deux femmes l'entourant. D'abord, il ne comprit pas, ensuite la vue d'Imogène lui rendit la mémoire. Il porta la main à sa tête et la compresse que Fiona y avait déposée lui fournit la preuve qu'il n'avait pas rêvé. Nel appartenait à ce genre de brutes qui se croient des terreurs parce qu'elles rouent de coups leurs épouses légitimes et que la moindre résistance annihile en les rendant à leur lâcheté naturelle. Il s'adressa en premier à Fiona :

— Vous, vous allez savoir comment je m'appelle... Attendez seulement que je me lève !

Mais l'attitude de Fiona acheva sa déroute. Ce n'était plus la créature soumise sur laquelle il avait l'habitude de cogner pour passer sa mauvaise humeur. Se penchant vers lui, elle lui montra un visage qu'il ne reconnaissait pas.

— Prenez garde, Nel Winthill ! Cette dame m'a montré la manière dont je dois agir envers vous et je vous jure que je ne l'oublierai pas, même si je dois passer le reste de mes jours en prison ! Je vous préviens que si vous levez une seule fois la main sur moi, j'attendrai votre sommeil et je vous fendrai le crâne. J'espère que les juges seront indulgents quand ils sauront l'existence infernale que vous m'avez fait mener !

Sur ces mots, elle quitta la chambre pour bien marquer que la réaction de son mari à son discours ne l'intéressait pas. Lorsqu'elle fut sortie, Nel se tourna vers Imogène et d'un ton pleurnicheur, demanda :

— Vous avez entendu ? A cause de vous, Fiona va devenir impossible... Pourquoi venir troubler mon ménage, hein ? Qu'est-ce que je vous ai fait ?

— Vous m'avez menacée, Mr Winthill et nul jusqu'à ce jour n'a pu se permettre impunément de menacer Imogène McCarthery !

— Vous êtes chez moi, ici, non ? Alors, fichez le camp !

— Pas avant que vous n'ayez répondu à ma question.

— Quelle question ?

— Celle que j'avais l'intention de vous poser en arrivant. Vous souvenez-vous d'avoir vu cet homme !

Ce disant, l'Ecossaise mit sous le nez de sa victime la photo de Skateraw. Nel sursauta :

— Un parent ?

— Non.

— Ça m'étonne parce qu'il semble avoir aussi bon caractère que vous ! c'est tout juste s'il ne s'est pas jeté sur moi quand je lui ai réclamé le prix de sa course ! Il m'a positivement injurié en me déclarant que si on était dans son pays d'Aberdeen, il me ferait coffrer !

⁂

Perdu dans un tourbillon de cris, de protestations, le superintendant Copland ne savait ce qui l'amusait le plus : la véhémence d'Imogène McCarthery, de la solennelle conviction d'Archibald McClostaugh ou de la mine renfrognée de l'inspecteur Laggan qui avait peut-être bien commis une sottise en refusant de croire que Keith Skateraw pouvait avoir tué sa femme. Le superintendant avait soigneusement lu les déclarations des deux témoins, Ted Truro de Callander et Nel Winthill d'Edinburgh qui, tous deux, avaient reconnu avoir rencontré Keith Skateraw dans l'après-midi précédant le meurtre de Moira. Le super félicita Archibald et Imogène et les complimenta d'avoir travaillé ensemble. Miss McCarthery répondit fièrement :

— Quand le sort d'un innocent est en jeu, Mr Copland nos querelles particulières ne comptent plus.

Sur ce, Imogène et Archie échangèrent un regard où palpitait tout l'orgueil des Highlands.

Fier du devoir accompli, le couple qui avait réussi à écarter le malheur de Dougal Fettercairn quitta le bureau et le superintendant conseilla à Laggan :

— Allons, Alister, ne faites pas cette tête-là. Il arrive à tout le monde de s'embarquer sur une fausse piste et si cela peut vous consoler, je vous avoue qu'à votre place, j'aurais agi de même.

— Excusez-moi, mais ce n'est pas une consolation... Monsieur, quelqu'un a menti dans cette histoire et m'a, volontairement ou non, poussé à prendre le mauvais chemin.

— Qui ?

— Si à Liverpool on ne m'avait pas assuré que Skateraw se trouvait dans les Midlands au moment où l'on tuait sa femme, je me serais un peu plus intéressé à son cas.

— Et puis, vous n'avez pas ajouté foi aux affirmations de Miss McCarthery.

— Non. L'auriez-vous fait, Monsieur ?

— Pas davantage, mais ce n'est pas non plus une consolation...

— Vous avez raison. Avec votre permission, j'aimerais retourner à Liverpool.

— J'attendrai votre retour pour boucler Skateraw.

***

A Liverpool, Laggan apprit — en consultant les fiches de présence dont le secrétaire du Congrès avait abandonné les doubles et que la direction n'avait pas encore jetés — que le jour de la mort de

Moira, les participants s'étaient offerts une journée d'excursion à l'île de Man qu'ils avaient gagnée en bateau. Le nom de Skateraw figurait sur la liste des voyageurs, mais il n'y avait pas eu de contrôle précis et l'époux de Moira avait fort bien pu filer à Callander et en revenir le matin suivant la promenade sans éveiller l'attention de personne, les congressistes ayant reçu permission de faire la grasse matinée pour se remettre des fatigues de la veille.

Ayant rendu compte téléphoniquement à Copland, Laggan reçut l'ordre de se mettre immédiatement en contact avec le C.I.D. d'Edinburgh afin d'obtenir l'arrestation et le transfert de Skateraw à Perth.

L'inspecteur ne rencontra aucune difficulté auprès de ses collègues et avant de prendre l'autocar de Perth, il s'en fut déjeuner dans le quartier des affaires. Au restaurant, le policier était à peine installé qu'il aperçut Fettercairn en compagnie d'un ami. Estimant qu'il lui devait réparation, Alister rejoignit le jeune homme qui le pria à sa table.

— Non, non, je ne veux pas vous déranger...

— Mais vous ne me dérangez absolument pas... Permettez-moi de vous présenter Malcolm Wemyss, un ami... L'inspecteur Laggan...

Les deux hommes se saluèrent et le policier s'enquit aimablement :

— Un de vos collègues, sans doute ?

Ne sachant trop de quelle façon exprimer ce qu'il avait à dire, le policier se perdait dans les banalités.

— Vous occupez-vous des mêmes opérations, que Mr Fettercairn ?

— Non, non ! Moi, vous savez, je suis un peu le bon à tout, bon à rien... Je passe d'un service à l'autre sans trop savoir ni pourquoi ni comment... On me donne des ordres et j'obéis sans m'interroger sur les conséquences, ce en quoi j'ai peut-être tort.

— J'imagine, Mr Wemyss, que vos supérieurs n'ignorent pas ce qu'ils font.

— Malheureusement, ils ne daignent pas me demander mon avis.

On rit et Laggan s'adressa à Dougal.

— Votre ami est-il au courant de vos ennuis ?

— Bien sûr.

— Dans ce cas, je me félicite de sa présence pour vous apprendre que vous êtes complètement hors d'affaire et votre innocence reconnue.

— Ouf !

— Quand vous en aurez l'occasion, remerciez donc Miss McCarthery et le sergent McClostaugh qui ont réussi à découvrir deux témoins de la présence de Skateraw à Edinburgh et à Callander le soir du meurtre.

— Je n'y manquerai pas, vous pouvez en être convaincu.

***

Laggan ayant déjeuné rapidement et seul, gagna St Andrew Square — d'où partait son car —, par le chemin des écoliers. Féru de représentations dramatiques et en étant un peu privé à Perth, il s'offrit un détour par le quartier des théâtres, s'arrêtant devant chaque affiche qu'il lisait du haut en bas avec la mine d'un chat fourrant son nez dans la crème. L'une d'elles le passionna à tel point qu'il s'en fut téléphoner à Copland en sollicitant la permission de ne rentrer que le lendemain pour pouvoir assister à la représentation d'une pièce. Le superintendant qui connaissait la faiblesse de son assistant lui accorda très volontiers ce qu'Alister lui demandait et lui souhaita de passer une bonne soirée.

Quand elle se promenait dans Callander, Imogène McCarthery paraissait ne pas toucher terre. Un seul osait afficher une aussi totale satisfaction de soi : McClostaugh. Lorsqu'il se dressait au carrefour pour assurer la circulation dans les heures de pointe, on eût dit de Jupiter réglant les destinées humaines. Son allure impressionnait et on le saluait avec déférence. De même, tout le monde — sauf quelques irréductibles, dont les trois veuves, le pasteur et sa femme — adressait de chauds sourires et de gentilles paroles à Imogène. Pour eux, elle ressemblait à une reine visitant ses sujets.

On doit reconnaître que Callander tout entier était fier de ses deux concitoyens dont le dévouement à la cause de la justice avait permis de sauver un innocent et d'envoyer un assassin devant ses juges. Il ne faisait de doute pour personne que Keith Skateraw, meurtrier de son épouse, serait condamné à être pendu par le cou jusqu'à ce que mort s'ensuive. Le procès devait avoir lieu dans un mois et Archibald comme Imogène — qui y comparaîtraient en qualité de témoins — savouraient d'avance les moments de gloire qui les attendaient.

Il y avait maintenant six semaines que Skateraw se trouvait sous les verrous. En dépit de ses dénégations, il n'avait pu faire la preuve qu'il n'était pas venu à Callander. Pas un des congressistes de Liverpool ne se sentait le droit de jurer sur la Bible qu'il avait participé à l'excursion à l'île de Man où l'on avait pique-niqué, mais nul ne se souvenait d'avoir déjeuné en compagnie de l'accusé. Ce dernier répliquait qu'étant, par goût, un solitaire, il s'était écarté pour passer seul l'heure consacrée au repas. La thèse de l'accusation consistait à déclarer que Keith Skateraw avait tué sa femme pour deux motifs : elle le trompait, il en héritait, sans pouvoir affirmer laquelle de ces deux raisons avait priorité sur l'autre.

Au *Fier Highlander,* ainsi que chez l'épicier, les maris triomphaient et Elisabeth McGrew en apprenant la victoire de son ennemie avait attrapé une jaunisse qui ne l'embellissait pas. Elle demeura longtemps alitée en gémissant du matin au soir qu'elle allait mourir, ce que son mari exaspéré lui conseillait fortement de faire pour lui ficher enfin la paix. Cette cruauté conjugale donnait à la malheureuse une fièvre de cheval. Le Dr Elscott parla de l'envoyer à l'hôpital. Le pasteur venu la voir reçut sa confidence et le révérend Haquarson crut de son devoir d'adresser des remontrances à William McGrew.

— Votre femme m'a parlé, cher McGrew et je dois vous dire que ce qu'elle m'a appris m'a bouleversé. Il paraît que vous la traitez — bien que malade — de façon indigne d'un chrétien et d'un mari. Il faut vous imposer un effort, McGrew, sinon le Seigneur vous en tiendra rigueur !

L'épicier qui était occupé à modifier les étiquettes de certaines marchandises, posa son stylo et se leva.

— Révérend, je ne vous empêche pas de bavarder avec cette punaise d'Elisabeth, à la seule condition que vous me laissiez tranquille.

— Comment osez-vous me parler sur ce ton, William McGrew ? Oubliez-vous que c'est mon propre père qui a béni votre union avec Elisabeth ?

— Vous feriez mieux de ne pas me le rappeler !

— Malheureux ! pensez à ce que Dieu vous réserve si vous continuez à...

McGrew attrapa le pasteur par une épaule et le secouant :

— J'ignore ce que le Seigneur me réserve lorsque je serai là-haut, — bien qu'à mon avis, il m'ait fait faire une partie de mon purgatoire sur terre — mais je sais parfaitement ce qui va vous arriver, révérend si vous continuez, à m'échauffer les oreilles !

— Et quoi donc, insolent ?

— Je vous reconduis jusque dans la rue à coups de pieds dans les fesses !

Les trois veuves qui arrivaient pour procéder à leurs emplettes ne comprirent pas pour quelles raisons le pasteur, les bousculant pour sortir plus vite, s'enfuit sans leur jeter le moindre coup d'œil.

Quant à Margaret Boolitt, elle errait dans le *Fier Highlander* pareille à une âme en peine, sous le regard triomphant de Ted. Elle évoquait l'un de ces bons vieux fantômes que le Ciel, pour les punir, oblige à revenir sur les lieux de leurs crimes. Non seulement Mrs Boolitt avait perdu la longue bataille l'opposant à Imogène McCarthery, mais elle avait aussi perdu sa confiance en un Dieu qui permettait le triomphe des méchants.

⁂

Depuis l'arrestation de Skateraw, Imogène se posait une question à laquelle elle n'avait encore pu donner une réponse qui la satisfasse : devait-elle ou non révéler la vérité à la police au sujet du contenu de la valise ? Avait-elle le droit de dissimuler plus longtemps qu'elle avait reçu une fortune en dépôt ? Elle hésitait et cette hésitation lui gâchait parfois le sommeil, mais au-delà des lois valables pour tout le Royaume-Uni, Miss McCarthery avait sa loi directement inspirée des coutumes en usage dans les Highlands et au premier rang de celles-ci, la fidélité à la parole donnée. Un mois, si je meurs de mort naturelle, six mois si je disparais de façon violente... C'est ce qu'avait demandé Moira et Imogène respecterait la promesse faite à celle qui n'était plus. Pour apaiser sa conscience, Miss McCarthery imaginait ce que seraient l'émotion, la joie de Dougal Fettercairn lorsque — croyant recevoir des papiers destinés à perpétuer en lui le souvenir de celle qu'il avait tant aimée — il découvrirait cette fortune que la disparue lui léguait pour lui prouver sa tendresse. Toujours romantique, l'Ecossaise aux cheveux rouges vivait par avance cette scène émouvante.

Peu à peu, en attendant le grand jour du procès, les esprits s'apaisèrent et Archibald McClostaugh et Imogène durent se rendre à l'évidence : rien ne s'estompe plus rapidement que la gloire, rien ne s'affaiblit plus vite que l'enthousiasme. Cependant la fièvre remonta d'un seul coup lorsqu'on apprit qu'un journaliste de Londres était descendu au *Cygne Noir*. Il ne faisait de doute pour personne qu'il était là pour interviewer les deux héros de Callander. La pression monta encore dans la ville quand on sut que Fettercairn, à son tour, venait d'arriver au *Cygne Noir*. Ted Boolitt et ses copains s'affairèrent une partie de l'après-midi afin de mettre le *Fier Highlander* en état de recevoir comme il convenait celui qui leur devait l'honneur et la liberté.

Le journaliste qui disait s'appeler Robert Hill et être envoyé par le *Guardian* rendit d'abord visite à Archibald. Lorsque le sergent sut la qualité de son hôte, il se transforma. Il prit un air condescendant pour recevoir ce petit gratte-papier dont les soucis ne pouvaient se comparer aux siens.

— Vous comprenez, sir, quand on a passé autant d'années que moi dans la police de Sa Majesté, on ne peut plus apprendre grand'chose... Rien ne remplace l'expérience et, en dépit du savoir technique des gentlemen du C.I.D. de Perth, j'ai tout de suite compris qu'ils se trompaient et s'embarquaient sur une fausse piste. C'est ce qu'on appelle le flair. Un don du Ciel et sans lequel il n'y a pas de bon policier.

— Si je vous comprends, sergent, vous avez été immédiatement convaincu de l'innocence de Mr Fettercairn ?

— Tout de suite, sir ! C'est pourquoi je me suis mis en campagne pour dénicher le témoignage éventuel, mais indispensable qui accablerait le vrai coupable. J'ai eu la chance de le trouver et c'est ainsi que grâce à mon intelligence, à mon dévouement à la justice, une terrible erreur judiciaire a été évitée.

— Permettez-moi de vous en féliciter.

— Merci.

— On m'a dit que vous aviez été beaucoup aidé par une certaine McCarry ou Mc...

— McCarthery. N'exagérons pas, voulez-vous ? Une vieille fille brouillonne et qui s'entend comme pas une à susciter les complications. Toutefois, je reconnais qu'il lui arrive d'avoir des idées et de temps à autre de faire preuve de bon sens. C'est ainsi qu'elle a bien voulu entrer dans mes vues, partager mes soupçons et quand je l'ai envoyée — clandestinement — à l'aéroport d'Edinburgh, elle n'a pas soulevé d'objection... (Ici, Archie prit une profonde inspiration)... que je n'aurais d'ailleurs pas tolérée !

— Elle vous craint ?

— Et comment !

— Sergent, je vous remercie de tous ces détails qui intéresseront sûrement nos lecteurs.

— Vous regagnez Londres aujourd'hui ?

— Non. Je ne suis plus très jeune et pas en état de supporter les fatigues d'autrefois. Je compte passer la nuit au *Cygne Noir*.

— Un hôtel dirigé par un imbécile, mais une maison de qualité. Faites-nous l'amitié, Mr Hill, de prendre part à la petite fête qui sera donnée à cinq heures et demie au *Fier Highlander* en l'honneur de Dougal Fettercairn.

— Il est donc ici ?

— Il est arrivé peu après vous et loge également au *Cygne Noir*.

⁂

Imogène McCarthery reçut Mr Hill avec toute l'amabilité dont elle était capable, bien qu'il fût anglais. Qu'on parlât de vous dans le *Guardian* autorisait une légère trahison. Avant que le visiteur n'ait ouvert la bouche, elle glosa sur son père, sur Marie Stuart et sur la légitimité de ses sentiments anglophobes, ce à quoi le journaliste répliqua qu'il se voyait mal révélant ces détails à ses lecteurs. Il eût préféré que Miss McCarthery lui apprit de quelle façon elle était parvenue à démontrer l'innocence de Mr Fettercairn. Aussitôt, Imogène se lança dans un discours véhément.

— Mr Hill, le mal de notre pays — et je pense ne rien vous apprendre sur ce point — est que nos fonctionnaires s'engluent dans une routine sans espoir. La plus mince initiative les épouvante, la moindre responsabilité leur ôte le sommeil, en bref tout ce qui les arrache à leur train-train habituel leur apparaît une révolution mettant en péril le trône et la politique du Foreign Office. J'ai le regret de vous dire, Mr Hill, qu'il en est souvent de même parmi les fonctionnaires de notre police.

Le journaliste eut un sourire amusé et convint que son hôtesse avait, hélas, raison en partie, mais les restrictions importaient peu à Miss McCarthery qui repartait de plus belle.

— Voulez-vous un exemple, Mr Hill ?

— J'en serais ravi.

— Le superintendant de Perth nous a envoyé un inspecteur pour tenter d'élucider le mystère du meurtre de Moira Skateraw. Un brave et honnête policier, mais qui, malheureusement, a horreur de se risquer hors des sentiers battus. Il fait ce qu'on a toujours fait avant lui et pour rien au monde ne voudrait modifier ses méthodes en quoi que ce soit. L'hypothétique culpabilité de Mr Fettercairn le dispensant de chercher ailleurs, il eût livré un innocent au bourreau si je n'avais été là. J'ai pu mettre la main sur le témoin qui avait vu l'assassin le soir du crime à Edinburgh alors qu'il prétendait se trouver à Liverpool.

— Il paraît que vous auriez été solidement aidée dans votre tâche par le sergent McClostaugh ?

Imogène eut un gloussement amusé.

— Archie est un excellent garçon qui n'a qu'un défaut mais de taille : il est bête comme une oie. Vous ne pouvez imaginer le mal qu'il m'a donné pour le convaincre d'épouser la cause de Mr Fettercairn. En fonctionnaire respecteux de la hiérarchie, il marchait derrière l'inspecteur et croyait à la culpabilité de

Mr Fettercairn. Si vous me connaissiez mieux, Mr Hill, vous sauriez que je déteste me vanter de quoi que ce soit, cependant je dois affirmer que si Mr Fettercairn peut mener une existence normale jusqu'à sa mort, c'est à Imogène McCarthery qu'il le devra.

*
* *

C'est par une véritable ovation que Dougal Fettercairn fut accueilli au *Fier Highlander* où Imogène McCarthery et Archibald McClostaugh se tenaient au premier rang de l'assistance. On prononça nombre de speeches. Celui d'Imogène fut pathétique à souhait, celui de Boolitt familier, celui de McClostaugh incompréhensible. Fettercairn remercia tout le monde et déclara qu'il était à Callander parce que c'était pour lui tout ensemble un plaisir et un devoir de remercier celle qui avait toujours eu confiance en lui, Imogène McCarthery. Les acclamations qui saluèrent cette déclaration réveillèrent la moitié du pays. Le journaliste du *Guardian* ne s'arrêtait pas de prendre des notes. Seule, ulcérée, Margaret, réfugiée dans un coin de sa cuisine, écoutait résonner les échos du triomphe de sa vieille ennemie.

Miss McCarthery présenta Dougal à Mr Hill et ce dernier se déclara enchanté de rencontrer un homme ayant vécu des moments bien difficiles avec un courage qu'il admirait et qu'il espérait faire admirer à ses lecteurs. On se congratula de part et d'autre, puis Fettercairn demanda la permission de se retirer après avoir averti Miss McCarthery qu'il irait la saluer le lendemain en fin de matinée. Le rendez-vous fut fixé à onze heures.

Fettercairn et le journaliste réintégrèrent ensemble le *Cygne Noir* où ils habitaient tous deux. Ils burent un dernier whisky avant de regagner leurs chambres, toutefois Hill prit congé de Dougal dans le hall, car avant de se coucher il tenait à téléphoner à son journal en vue de préparer la parution de son article.

⁂

Imogène avait bien fait les choses en dépit de la mauvaise humeur de Rosemary toujours grognonne quand elle jugeait que son « baby » se conduisait de façon puérile. On avait placé des petits bouquets de fleurs des champs un peu partout et débouché des flacons des meilleures marques de whisky. L'Ecossaise regrettait de n'avoir pas convié le journaliste à cette réception intime, il eût pu prendre quelques photos qui, agrandies et encadrées, eussent composé un beau souvenir. Peut-être même Ted Boolitt en aurait-il pris une pour la poser au-dessus de son comptoir et, à tous ceux qui, plus tard, lui auraient demandé ce que représentait cette photo, il aurait répondu, la larme à l'œil : « Cela se passait au temps d'Imogène McCarthery... une femme comme on n'en verra plus... » et après, Ted, d'autres auraient perpétré le souvenir de l'indomptable fille du capitaine McCarthery.

A onze heures, un Fettercairn souriant fut introduit auprès d'Imogène par Rosemary. Dougal salua son amie et lui répéta une fois encore à quel point il lui était reconnaissant de tout ce qu'elle avait fait pour lui. La vieille fille lui répondit que son sauvetage demeurerait le meilleur souvenir de sa vie et qu'elle remerciait le jeune homme de ce que, grâce à lui, elle avait à nouveau, assuré son autorité sur Callander. On but à l'avenir de Dougal, à la santé d'Imogène, au souvenir de Moira.

Un peu avant midi, Fettercairn se leva, demanda la permission à Imogène de l'embrasser (ce qu'elle accepta en rougissant) et prit congé en arguant de la nécessité pour lui, de rentrer au plus vite à Edinburgh Déjà il avait franchi le seuil du salon suivi par le regard humide de Miss McCarthery lorsqu'il s'arrêta pile et revenant sur ses pas, s'écria :

— Par moment, je me demande si cette histoire ne m'a pas tourneboulé l'esprit ! J'allais partir sans vous réclamer la mallette que Moira vous a confiée !

— Mon Dieu ! c'est vrai ! Attendez un instant, je vais la chercher.

Imogène grimpa au grenier, mais au moment où la porte de celui-ci s'ouvrait dans un gémissement, elle crut entendre la pauvre voix de Moira lui remettant son trésor en dépôt. Elle redescendit !

— Mr Fettercairn, je ne puis accéder à votre demande.

— Pourquoi donc ?

— Parce que Moira m'a fait promettre de ne vous remettre la mallette que six mois après sa disparition, au cas où elle succomberait à une mort violente.

— Un enfantillage, Miss... Moira était très petite fille sur certains points...

— Cher Dougal, une McCarthery n'a qu'une parole et ma parole je l'ai donnée à Moira Skateraw. Revenez dans cinq mois.

— Non, il me faut cette mallette tout de suite !

— Mais enfin, à quoi rime cette impatience ? Aujourd'hui ou dans cinq mois, quelle importance ?

Blême, Dougal changea littéralement de visage.

— Je ne partirai pas d'ici sans que vous m'ayez remis le dépôt dont vous aviez la charge !

— N'y comptez pas !

— Alors, c'est ça, hien ? Elle a eu confiance en

vous, mais vous voulez vous approprier le magot ?

Le choc fut tel pour Imogène qu'elle faillit s'évanouir. D'un seul coup, elle avait perdu sa superbe et retrouvé son âge. Une malheureuse vieille fille s'apercevant de la vanité des illusions qui jusqu'alors, l'avaient aidé à vivre. Elle dit doucement :

— Ainsi, vous saviez...

— Naturellement ! Vous ne pensez tout de même pas que je vous aurais remis cette mallette sans en connaître le contenu... Seulement, je ne me doutais pas que la petite garce me jouerait ce vilain tour des six mois d'attente ! On ne peut décidément jamais avoir confiance dans les femmes !

A son tour, pâle comme une morte, Imogène s'approcha de Dougal.

— Mr Fettercairn, c'est vous, n'est-ce pas, qui avez assassiné Moira Skateraw pour vous emparer des 20 000 livres qu'elle avait retirées de son compte et que vous lui aviez fait transformer en bijoux ?

Avant que Dougal ait pu répondre, un autre répondit pour lui.

— Bien sûr qu'il l'a tuée, Miss.

L'inspecteur Alister Laggan entrait par la porte donnant sur la cuisine tandis que l'énorme silhouette d'Archibald McClostaugh s'encadrait sur le seuil du jardin et que le journaliste descendait l'escalier menant au premier étage. Devant le regard stupéfait de la maîtresse de maison, Laggan montra le pseudo-envoyé du *Guardian* :

— Le sergent détective Bert Johnson, Miss... Eh bien ! Fettercairn, je crois que la partie est jouée pour vous, non ?

Ecrasé, Dougal ne réagissait plus. L'inspecteur poursuivit.

— C'était remarquablement combiné... Malheureusement, dans les plus belles machinations, il y a toujours le risque du grain de sable et cette fois, le grain de sable a été la promesse réclamée de Miss McCarthery par votre victime, d'attendre six mois avant de vous remettre les bijoux. A propos, votre ami Wemyss est en prison et le billet d'avion que vous aviez pris pour le Canada avant-hier soir, annulé. McClostaugh, passez-lui les menottes et tenez-le-moi au frais jusqu'à ce que nous allions vous le reprendre, Bert et moi.

***

— Voyez-vous, Miss, j'ai toujours cru à la culpabilité de Fettercairn. Son histoire s'affirmait trop invraisemblable et la coïncidence trop forte. Comment imaginer que le mari ait attendu que votre protégé soit parti vous apporter la mallette pour commettre son forfait ? De quelle façon aurait-il pu s'introduire dans l'hôtel d'abord, dans la chambre de la victime ensuite ? Il aurait fallu qu'il fût au courant de la mission de son rival et connaître le temps qu'il disposait pour perpétrer son crime. A Liverpool, Skateraw m'a vraiment donné l'impression d'aimer sa femme et d'être désemparé par la nouvelle de sa mort. De plus, pour combiner un voyage aller et retour à Callander, il était obligatoire qu'il sût que ce serait cette nuit-là et non une autre que Moira vous enverrait ses bijoux par l'intermédiaire de son amant et chose plus étonnante encore, cette nuit correspondait merveilleusement à la journée passée en plein air par les congressistes. Dans notre métier, Miss, nous ne prisons guère l'intervention du hasard, surtout quand il se manifeste à plusieurs reprises dans une même affaire.

Je reconnais, toutefois, que lorsque McClostaugh et vous-même m'avez amené vos deux témoins, j'ai été déconcerté. Puis, relisant les témoignages, j'ai été frappé par le fait qu'à Edinburgh comme à Callander, Skateraw s'était conduit de bien étrange manière. On eût dit qu'il tenait à se faire remarquer et pourquoi, par deux fois, avoir insisté sur Aberdeen comme s'il voulait qu'on se rappelle qu'il était originaire de cette ville. Seulement, Fettercairn a commis une erreur en me présentant son ami Wemyss en tant que collègue alors qu'il est comédien. Le hasard — que j'accepte toujours et dont je reconnais les bienfaits quand il travaille pour moi — me fit passer devant l'affiche d'un théâtre où, parmi les comédiens, je relevai le nom de Wemyss. J'assistai à la représentation et je reconnus le pseudo-collègue de Fettercairn. C'est alors que j'ai compris. Ma certitude fut totale avant-hier lorsque j'appris que l'homme innocenté, avait pris un billet pour Montréal. Pour quelles raisons, cette fuite ? J'envoyai chercher Wemyss et jouant le tout pour le tout, je lui ai annoncé l'arrestation de Fettercairn en ajoutant que ce dernier le chargeait. Du coup, il a réagi, avouant que s'étant grimé, il avait joué le rôle de Skateraw moyennant la promesse de recevoir 1 000 livres, mais a juré qu'il ignorait qu'il devait s'agir d'un meurtre. Il ne pouvait dénoncer celui dont il avait été le complice, sans se dénoncer lui-même. Il fera quelques années de prison qui lui apprendront à se montrer moins naïf.

— Et... et Dougal ?

— Je crains pour lui un fâcheux rendez-vous avec le bourreau. Vous auriez dû avoir confiance en moi, Miss et m'apprendre ce que contenait la mallette, l'affaire eut été beaucoup plus vite réglée. Savez-vous que je pourrais vous inculper pour entrave à la justice ?

Imogène haussa les épaules.

— Après cette monumentale erreur, je crains fort d'être obligée de quitter Callander... Je ne veux pas être la risée de mes ennemis.

***

McClostaugh, en traversant tout Callander avec Fettercairn enchaîné, avait suscité une émotion considérable et à ceux qui l'interrogeaient, il répondait qu'il n'avait jamais été dupe et que s'il avait agi comme on l'avait vu agir, c'était sur l'ordre de ses chefs. Lâchement, pour redorer son blason, il accablait Imogène qu'il chargeait de tous les péchés d'Israël. Ceux qui détestaient l'Ecossaise prenaient ses dires pour argent comptant et bientôt il ne fut bruit dans Callander que de la pitoyable défaite de Miss McCarthery. Les veuves faillirent décorer leurs fenêtres ainsi que pour une fête nationale et le révérend Haquarson se précipita au temple pour remercier le Seigneur d'avoir foudroyé l'impie.

Remontant vers la prison en compagnie de Johnson, l'inspecteur revoyait le visage défait d'Imogène. Il en éprouvait un léger remords. Au fond, les erreurs de la vieille fille lui avaient servi. Il ne se sentait pas le droit — fût-ce au prix d'un mensonge — de ruiner la réputation de Miss McCarthery sans qui Callander ne serait plus Callander. Ayant donné l'ordre à Johnson de rejoindre McClostaugh et de procéder aux inévitables formalités après avoir prévenu le super, il lui annonça qu'il le rejondrait d'ici quelques instants au poste de police.

⁂

L'atmosphère au « *Fier Highlander* » était lugubre. On y respirait le désespoir. Boolitt, les coudes sur son comptoir, tenait sa tête dans ses mains et paraissait plongé dans une mélancolie dont rien ne le pourrait plus tirer. McGrew et Fergus McIntyre, à une table, se taisaient, n'éprouvant même pas l'envie de cogner sur ceux qui, aux tables voisines, faisaient des gorges chaudes sur les supposés talents de Miss McCarthery dont on découvrait enfin publiquement l'imposture. Quant à Margaret, complètement revigorée, elle chantonnait tout en servant une clientèle que son mari méprisait.

Comme l'inspecteur Laggan pénétrait au *Fier Highlander* les trois veuves sur ses talons, Ted poussa un soupir d'agonie. Il devinait qu'il allait passer quelques minutes pénibles. Il fut, toutefois, réconforté par le coup d'œil que lui adressèrent l'épicier et le garde-pêche, affirmant qu'ils étaient de cœur avec lui et qu'ils partageraient son calvaire. Margaret installa ses trois amies et leur annonça qu'elle leur offrait une tournée pour fêter ce beau jour, puis elle passa derrière le bar en remuant fièrement son pitoyable derrière, dans l'intention évidente de narguer son mari.

Après avoir bu son whisky, Laggan tendit la main à Ted et déclara qu'il retournait à Perth avec son prisonnier. Le patron ne réagissant pas, Mrs Plury qui tenait à savourer sa vengeance, s'adressa au policier :

— Inspecteur, je pense être l'interprète de Callander tout entier, en vous remerciant de nous avoir débarrassés d'un dangereux criminel et plus encore d'avoir montré à tous, le vrai visage de cette McCarthery que ses amis aveuglés portaient aux nues.

Ted serra les poings, McGrew et McIntyre faillirent briser le tuyau de leur pipe tant ils le mordirent avec force. L'inspecteur s'essuya les lèvres avant de répondre à son interlocutrice :

— J'espère qu'ils continueront à le faire, car elle le mérite. Miss McCarthery est une personne tout à fait remarquable, à mon avis.

Boolitt et ses deux copains ressemblèrent subitement à des fleurs presque desséchées que la fraîcheur du soir fait revivre, Margaret lâcha le verre qu'elle tenait à la main et les trois veuves trouvèrent que leur whisky avait le goût d'une eau pas très propre. Sans avoir l'air d'y attacher autrement d'importance, Alister continuait :

— Il faut vraiment que Miss McCarthery ait une intelligence hors du commun pour avoir osé machiner ce piège où Fettercairn est tombé. Comme moi, dès le début, elle le soupçonnait d'être le meurtrier, mais toujours comme moi, elle n'ignorait pas que les preuves seraient difficiles à trouver. Aussi, lorsqu'elle a proposé son plan au superintendant en ma présence, je dois avouer que nous n'y avons pas cru. Nous avions tort, la suite l'a démontré. Si j'ai pu, tout à l'heure confondre l'assassin de Moira Skateraw c'est à elle qu'en revient tout le mérite.

— Mais... le sergent McClostaugh nous a dit...

— Le sergent McClostaugh n'a jamais été au courant de ce qui se tramait à son insu. Il n'est pas besoin, je pense, que je vous explique pourquoi. Ladies et gentlemen, je vous envie d'avoir une concitoyenne de cette qualité.

***

Heureuse, dans son living-room encombré par les visiteurs, Imogène McCarthery écoutait Ted Boolitt lui dire sa fierté d'habiter une ville où elle habitait elle-même. Il la remercia de l'éclat supplémentaire qu'elle venait de donner à leur cher Callander et pour bien lui montrer qu'il avait parfaitement compris les explications fournies par Laggan, il démontra le stratagème inventé par Imogène en vue de confondre le tueur. Un vent de patriotisme secouait l'assemblée qui poussa un triple hourra en l'honneur de celle qui était la gloire des Highlands. Imogène remercia en quelques mots dont on admira la modestie. Après un moment de panique, au fur et à mesure que Ted parlait, elle s'était effectivement convaincue qu'elle n'avait jamais cru à l'innocence de Fettercairn et que c'était effectivement à elle que le misérable devrait de ne pouvoir jouir en paix de son forfait. Imogène avait tellement d'imagination qu'elle distinguait rarement la réalité de la fable. Ce n'était pas cette fois encore qu'elle changerait. Assurée de la pérennité de son autorité sur ses concitoyens, elle envoya Rosemary et McGrew puiser dans sa réserve de whisky pour célébrer dignement cette heure inoubliable qui la voyait triompher à nouveau des méchants.

Seul, dans un coin, McClostaugh auquel nul ne prêtait attention, ne comprenait rien à rien, mais il en avait l'habitude.

IMPRIMÉ EN FRANCE PAR BRODARD ET TAUPIN
7, bd Romain-Rolland - Montrouge - Usine de La Flèche.
ISBN : 2 - 7024 - 0002 - 7